特里·伊格尔顿的爱尔兰文化研究

贾洁　著

河北大学出版社
·保定·

特里·伊格尔顿的爱尔兰文化研究

TELI YIGEERDUN DE AIERLAN WENHUA YANJIU

出 版 人：朱文富

责任编辑：韩立霞

装帧设计：杨艳霞

责任校对：杜启昌

责任印制：靳云飞

图书在版编目（CIP）数据

特里·伊格尔顿的爱尔兰文化研究 / 贾洁著. -- 保定：河北大学出版社，2020.2

ISBN 978-7-5666-1620-3

Ⅰ. ①特… Ⅱ. ①贾… Ⅲ. ①文学研究－爱尔兰 Ⅳ. ① I562.06

中国版本图书馆 CIP 数据核字 (2020) 第 024991 号

出版发行：河北大学出版社

地址：河北省保定市七一东路 2666 号　邮编：071000

电话：0312-5073033　0312-5073029

邮箱：hbdxcbs818@163.com　网址：www.hbdxcbs.com

经　　销：全国新华书店

印　　刷：保定市北方胶印有限公司

幅面尺寸：148 mm × 210 mm

印　　张：4.5

字　　数：98 千字

版　　次：2020 年 2 月第 1 版

印　　次：2020 年 2 月第 1 次印刷

书　　号：ISBN 978-7-5666-1620-3

定　　价：39.00 元

序

贾洁对英国马克思主义理论家特里·伊格尔顿有专深研究，曾出版过专著《从批评到大众批评》和译著《批评家的任务——与特里·伊格尔顿的对话》（合译）等，现在又拿出一部书稿《特里·伊格尔顿的爱尔兰文化研究》准备出版。伊格尔顿是重要的当代西方马克思主义理论家，国内研究他的论文论著已有不少，泛泛而谈者似乎居多，而贾洁选取其“爱尔兰文化”为研究对象，切口不可谓不小，而学术理论价值不可谓不大，真正做到了“小题大做”。下面从两方面简单谈谈我的一些阅读感受。

其一，该书对于我们认识西方世界内部的复杂性，重新审视中国与西方、不发达国家与发达国家之间的复杂关系等，具有重要启示。在关于中国与西方理论关系的流行认知中，存在着一些模糊认识：所谓“西方”似乎是铁板一块，并且所谓“西方理论”普适性很强，与民族性等无关，只有中国等不发达的非西方国家的理论及其研究者才重视民族性，或者说，摆脱不了民族性而缺乏所谓的普适性，等等。贾洁这部书稿揭示了这种模糊认知的错谬之处，并且并非就理论谈理论，而是通过对伊格尔顿关于爱尔兰文化研究这一具体个案的研究得出结论，在理论上尤其具有很大启示性。

该书指出，伊格尔顿是爱尔兰移民的后裔，从 20 世纪 90 年代至今，陆续出版了爱尔兰文化研究“三部曲”，并且相关主题的研究还散见于他的其余著作中。伊格尔顿将自己相关研究背景定位在爱尔兰去殖民化民族主义的形成与发展时期，而他对爱尔兰去殖民化民族主义的支持，和对爱尔兰“文化政治”价值的努力发掘，是出于他对当下的后殖民与后现代主义的批判。从研究对象和范围看，按照毛泽东“三个世界”理论，当下所谓后殖民主义 7 理论主要涉及的是“第三世界”，而爱尔兰早已属于“第二世界”。该书引恩格斯语指出，“可以把爱尔兰看做英国的第一个殖民地”，认为爱尔兰成功的去殖民化经验，对于当今不发达国家和地区寻找话语权的民族具有重要启示。其实，由此我们也可以更全面地审视资本扩张下殖民运动发展的历史全过程，而当今所谓后殖民理论往往只关注欧美以外的“第三世界”，较少关注像爱尔兰这样的“第二世界”内部的殖民化与反殖民化历史，这对现代殖民历史进程的理解和把握是不全面的。

进一步看，该书对于我们认识作为“第二世界”的发达的欧洲社会内部结构及其理论格局等也具有重要启示。在历史现实上，我们由此可以发现：当今世界范围内的不平等和压迫，不仅仅体现为发达国家对不发达国家的压迫，同样体现为西方发达国家内部发达地区对不发达地区、强势族裔对弱势族裔、富有阶层对贫穷阶层等的压迫。在文化理论上，我们不能只强调西方理论所谓普适性的一面，而应该同时审视其民族独特性的一面，比如伯明翰学派与英国民族文化是一种什么关系？欧洲大陆的法国理论与其民族文化特性是否有联系？凡此种种问题的深入研究与反思，对于我们深刻认识西方文化理论的复杂性非常必要；更为重要的是，这种反思会使我们意识到：强调文化理论的民族性等问题，并非只是中国等不发达国家的学者才持有的立场。当然，自觉意识到文化及其理论研究的民族性并反殖民化、去殖民化等，并不意味着就要鼓吹狭隘的民族主义——在这方面，伊格尔顿的爱尔兰文化研究，同样对于我们具有重要启示。

该书指出，伊格尔顿爱尔兰研究的涉及面较为广泛，但主要侧重研究爱尔兰文学，而该书对爱尔兰文学发展中的去殖民化过程，做了较为集中且精到的分析。在传统所谓的“西方文学”或具体的“英国文学”的认知框架中，叶芝、王尔德、乔伊斯等被宽泛地视作杰出的“西方作家”或“英国作家”，而从现代殖民化过程看，他们又首先是不同于英格兰的“爱尔兰”作家，并且在爱尔兰反殖民化、去殖民化进程中发挥了重要作用，如该书指出，“文化殖民的剥削性和压迫性逼迫爱尔兰民族主义呈‘揭竿’之势。由叶芝领导的爱尔兰国内的文艺复兴是文化语境中民族主义去殖民化方案的巅峰”。叶芝的这种文化形象及其意义，在传统的西方文学史研究框架中是较少被关注和分析的。历史发展地看，曾经发生在“第二世界”的一些反殖民化运作和策略，同样被运用在后来“第三世界”的反殖民化运动中。

该书指出，“爱尔兰文学上‘以剽窃反剽窃’的作品，在作为文学审美的反讽式浪漫再现的同时，也成为政治变革的先声，这是一种自发的去殖民化策略”——而模拟乃至戏仿西方，也是后来“第三世界”作家自发的去殖民化策略之一。该书还通过对乔伊斯等作家的分析，揭示现代主义较之现实主义为什么更有助于去殖民化的原因，而这在后来作为“第三世界”的拉美国家的具有现代主义色彩的魔幻现实主义文学运动中有同样体现。“回到凯尔特传统去寻根”是爱尔兰文学家去殖民化的一种重要策略，这难免使我们想到20世纪80年代属于“第三世界”的中国所出现的所谓“寻根”文艺思潮，并且我们的“寻根”作家们在创作上对魔幻现实主义等也多有借鉴。这其中涉及的历史和理论问题很值得进一步研究。

在去殖民化运动中，如何对待民族语言是个重要问题。爱尔兰曾出现过盖尔语复兴运动，该书分析指出：“在爱尔兰，受教育的人早已被迫采用英语，盖尔语只能在民间通行。文艺复兴运动时期，包括叶芝、辛格在内的许多作家尽管认为盖尔语才是自己的母语并积极推广，但都选择用更为熟悉的英语创作爱尔兰文学，这引起了极端文化民族主义者的不满”——这种语言上的困境和策略，也同样发生在后来来自“第三世界”的作家和理论家身上，比如中国文学现代化之初同样面临语言问题，也曾出现过用西方拉丁语取代汉字等设想；再比如当今声势浩大的后殖民主义理论思潮，其策动的重要主体就包括来自非洲、亚洲尤其中东、印度等“第三世界”的文人，而表述后殖民理论的语言也恰恰主要是英语。与此相关，该书分析指出，“作为来自爱尔兰的原本被边缘化的外乡人，王尔德这种对宗主国话语权的获得是具有历史性意义的”——后来在西方世界出现的后殖民理论，同样很大程度上也标志着来自“第三世界”曾被殖民国家的文人“对宗主国话语权的获得”，如此等等。

其二，贾洁这本书对于我们反思包括后殖民理论在内的后现代文化研究的不足等，也具有重要启示。我更感兴趣的是，“爱尔兰”问题也曾被马克思、恩格斯所关注和研究过。贾洁在书稿中指出，马克思、恩格斯毕生都同情和支持爱尔兰的独立，并且引述了他们的一些重要论述，如“可以把爱尔兰看做英国的第一个殖民地”“他们由于老受压迫，已经被人为地变成了一个完全赤贫的民族”“奴役其他民族的民族是在为自身锻造镣铐”“压迫其他民族的民族是不能获得解放的。它用来压迫其他民族的力量，最后总是要反过来反对它自己的”，等等。这些论述依然适用于分析当今全球化进一步发展的各民族及其文化之间的关系。把伊格尔顿的研究与马克思、恩格斯的论述相联系，具有重要理论和现实意义。

在爱尔兰现代化进程中，“马铃薯”似乎是个重要的标志性符号。该书分析指出，马铃薯受灾曾给爱尔兰带来饿死百万人以上的深重民族灾难，而问题的复杂性在于：一方面，“惨重的代价终给爱尔兰带来奇迹，饥荒过后，‘这个主要的前工业社会显示出了较发达国家社会秩序的所有政权形式’”而迈上了现代化轨道。但是，另一方面，“贫富差距严重，小农业经营者和幸存的工人阶级跟饥荒前一样穷苦，地区间的差异也很大。1870 年，大规模的土地战争爆发，爱尔兰不可避免地进入了猛烈的阶级斗争时期”——马克思、恩格斯对此已有过深刻分析，而在后来作为“第三世界”的拉美等国家的民族独立和现代化进程中，同样伴随着巨大的贫富分化和尖锐的阶级对抗，并且这种对抗至今未能得到有效的化解。

恩格斯在《伦敦来信》中描述道：“爱尔兰人是无忧无虑、富有生气的自然之子，他们以土豆当饭。他从草原径直来到我们这个文明世界，在草原上他长大成人，住的是破屋，吃的是粗茶淡饭，饥荒把他赶到英格兰”，“这是爱尔兰无产者生活中常有的情况。半开化的教育和后来完全文明的环境，使爱尔兰人自相矛盾。他不断受到刺激，时常怒气冲天。这股怒气使他能够去干任何事情。此外，他身上还压着5个世纪的压迫以及这种压迫所产生的一切后果”。爱尔兰人喜欢的土豆（马铃薯），后来被大量引入欧洲“文明世界”，成为贫困工人阶级生活状况的一个重要符号——马克思在《哲学的贫困》中分析指出，“棉花、马铃薯和烧酒是最普遍的消费品。马铃薯引起了瘰症”，“整整一个世纪，各国政府竭力抵制欧洲的鸦片，然而毫无效果；经济取得了胜利，消费得听它的命令”，资产阶级及其理论家向无产者说“马铃薯比肉对他们更有益”，而实际情况是，“在建立在贫困上的社会中，最粗劣的产品就必然具有供给最广大群众使用的特权”，其最终的社会根源则是，“产品的使用取决于消费者所处的社会条件，而这种社会条件本身又建立在阶级对抗上”。经历了一个多世纪以后，爱尔兰已被整合到西方“第二世界”中了，尽管相关冲突依然存在，但对于包括英国在内的当今欧洲来说，作为被压迫民族和阶级的“爱尔兰人”已转变为非洲尤其是中东移民，但是，恩格斯的相关描述依然适用于描述当今欧洲的这些移民，他们不仅承受着欧洲发达国家的民族压迫，同时也承受着几个世纪以来他们原属国家和地区的阶级压迫。而在西方主流论述中，这些移民及其国家或地区与欧洲“文明世界”的冲突，却被仅仅描述为“不发达”的民族文化与“先进”的民族文化之间的“文明冲突”，而忽视了其中错综复杂的“阶级对抗”。

该书指出，“马克思本人赞同爱尔兰人虽是民族主义的取向，却具有国际主义色彩”，“马克思主义许诺的是一个更公正公平的国际世界，民族主义没有这样的规划”，因此，“马克思主义显然突破了民族主义的不足，遏制了狭隘民族主义可能带来的危害。在西方，左派知识分子一直苦于不知如何界定马克思主义和民族主义的关系。从反殖民观点来看，马克思主义和民族主义有一个共同的目标，即民族解放，如罗汀生所说：‘民族解放是社会主义理想中非常重要的一部分，也是社会解放的重要的一环。’”——这些分析非常精到、深刻。该书还指出：“伊格尔顿借用雷蒙·威廉斯的一篇小说中的人物的话说道：‘民族主义就像阶级。拥有它，感觉它，是终止它的唯一办法。如果你不要求得到它，或者过早地放弃它，你只能受其他阶级和其他民族的愚弄。’”——总之，现代殖民问题涉及民族主义与阶级或民族矛盾和阶级的对抗，因而也涉及社会主义与资本主义的对立，而不仅仅只涉及民族主义与世界主义（国际主义）之间的对抗，尤其不仅仅只是涉及亨廷顿所谓的“文明冲突”的“文化（身份认同）问题”——对此，伊格尔顿已有清醒而深刻的认识，“他对在殖民状况下提倡多元的自由主义者进行严厉批评，认为自由主义是‘合理帝国主义’的面具”，认为弗雷德里克·莱安的“辩证法的思想”使他超越了“中产阶级与资产阶级民族主义者的视野”——其实，马克思早就对资产阶级的民族主义、世界主义与无产阶级的民族主义、世界主义的不同，做了深刻而精到的分析，并且他是充分结合阶级对抗来分析爱尔兰民族问题的。

因此，把当今全球矛盾简单归结为“文明冲突”，或者出于善良愿望而过早地放弃民族主义，只单纯地倡导文明对话、文化间性、民族和谐等，是无法解决现实问题的。虽然不能把当今全球矛盾简单地只归结为阶级对抗，但是，这些矛盾和冲突显然与资本主义的基本特性密切相关，比如资本主义所鼓吹的平等只是“形式上”“法律上”或抽象的“人格上”的平等，其所信奉的竞争等价值原则必然产生的现实后果却是“实际上”的不平等，这在现代民族国家内部表现为阶级不平等，而在资本全球扩张中又造成不发达国家与发达国家之间的不平等。社会主义作为一种价值原则，不仅要消灭形式上的不平等，同时也重视解决包括经济在内的实际上的不平等；不仅要消灭阶级不平等，而且要化解民族国家之间的不平等——也正是在此意义上，“民族解放是社会主义理想中非常重要的一部分，也是社会解放的重要的一环”，而社会主义当是化解资本全球扩张所造成的阶级、民族、国家等之间矛盾的有效方案。

与以上讨论的问题相关，贾洁这本书“小题”而“大做”的另一重要体现是，分析了伊格尔顿对包括后殖民理论在内的后现代文化研究不足的反思。“经过 1968 年风暴的挫败后，唯一可行的政治似乎只有撤退到对存在体制所进行的零星抵抗中”，而“到了 20 世纪 90 年代，文化已经变得无法与资本主义相互区隔，文化、经济生产、政治宰制与意识形态宣传几乎融合成一个单一的整体”，后现代文化研究曾有的批判锋芒已成强弩之末。伊格尔顿指出，“大量的后殖民理论夸大着文化的角色”而呈现出过度的“文化主义”倾向，后殖民主义理论存在的最大问题是“去政治化”——在我看来还存在“去经济化”“去阶级化”“去主义化”等问题，如只从反面批判“资本主义”而不从正面谈应该也可以取而代之的“社会主义”等——伊格尔顿认为：“真实的情况是，对于其命运仍然由西方资本的变迁兴衰决定的后殖民地国家，解放的事业一如既往地具有重大意义。”

以上只是基于个人兴趣，从两个方面谈了对该书的一些阅读感受，而该书的学术理论价值当然不仅仅局限在这些方面，例如该书对“悲剧意识”和“形式的政治”的讨论等也极具价值。该书采用大量第一手文献资料，论证翔实可靠，是对伊格尔顿文学文化思想研究的进一步丰富和深入，对于探讨在全球化语境下如何发展中国文学文化等也具有重要现实启示。该书涉及的几个理论问题非常重要，还有很大拓展空间，贾洁还年轻，相信在这方面肯定还会有更大理论作为。

是为序。

刘方喜

2019 年 7 月 1 日

目　录

导　论

特里·伊格尔顿（Terry Eagleton，1943—　）是当代英国著名的西方马克思主义文学与文化批评家。他从20世纪60年代开始笔耕不辍，“其声望与等身著作，在秉笔至今的文化批评家中无人能及”①。伊格尔顿出生于英国索尔福德（Salford）的一个工人家庭，是爱尔兰移民的后裔。在英国文化与爱尔兰文化双重背景下，他感受到了爱尔兰文化在英国文学文化研究中所处的边缘地位。以20世纪80年代为肇端，伊格尔顿自觉关注爱尔兰民族文化问题，在《美学意识形态》中他讲到，自己“在论述欧洲美学理论的时候，把每一个论点都与对爱尔兰的文化的思考结合起来”②。

“翡翠岛国”爱尔兰西临大西洋，东靠爱尔兰海，与英国隔海相望。岛上气候温和，雨水充沛，土地广袤肥沃，这一切都使得当地居民易于生存，但也正因为如此，入侵者源源不绝。历史上的爱尔兰饱受战乱之苦，如英国在爱尔兰就曾有长达七百余年的殖民统治。爱尔

---

① Stephen Regan ed., *The Eagleton Reader*, Oxford and Malden, MA: Blackwell, 1998, Preface, viii.

② [英]特里·伊格尔顿:《美学意识形态》,王杰等译,北京:中央编译出版社,2013年版,导言第11页。

兰有着悠久的文学文化传统。爱尔兰人是凯尔特族的一个分支，爱尔兰文化同样根源于早期的凯尔特文化。公元 6 至 7 世纪，基督教的传入给其带来了空前的文化繁荣。在欧洲大陆普遍处于“黑暗的中世纪”时期，爱尔兰教士在欧洲各地建立了宗教学习中心。公元 12 世纪，英国侵入爱尔兰，对这个国家实行文化专制、政治独裁及经济倾轧，给其爱尔兰带来了深重的灾难。恩格斯认为，“可以把爱尔兰看做英国的第一个殖民地”，同时指出，“他们由于老受压迫，已经被人为地变成了一个完全赤贫的民族”。① 19 世纪中期之后，爱尔兰民族主义兴起，伴随着民族文化的复兴，独立运动之火愈加不可遏止。爱尔兰自治政府终于于 1922 年恢复。

“民族主义是现代反殖民斗争中出于各种原因产生的一种颇具优势的意识形态”②，这是伊格尔顿在一次访谈中对“民族主义”的概述。然而早在关注爱尔兰文化之初，他就已经认识到民族主义是爱尔兰文化研究中不能回避的问题。1990 年，伊格尔顿与詹姆逊、萨义德共同出版了一本题为《民族主义、殖民主义与文学》的论文手册。在这本手册中，伊格尔顿引用爱尔兰例证自己的论题“民族主义：反讽与职责”。论文开篇，伊格尔顿借用雷蒙·威廉斯的一篇小说中的人物的话说道：“民族主义就像阶级。拥有它，感觉它，是终止它的唯一办法。如果你不要求得到它，或者过早地放弃它，你只能受其他

① [德]恩格斯:《恩格斯致马克思(1856 年 5 月 23 日)》,载《马克思恩格斯全集》第二十九卷,北京:人民出版社,1972 年版,第 55、56 页。

② Terry Eagleton, “Edward Said, Cultural Politics, and Critical Theory (an Interview)”, in *Journal of Comparative Poetics*, Alif 25, 2005, p.255.

阶级和其他民族的愚弄。”① 伊格尔顿认为，民族主义在逻辑上是一种反讽，却是遭受殖民压迫的民族不得不做的事。所谓民族主义，依据《不列颠百科全书》，即民族成员对国家的高度忠诚。② 一般认为，民族主义正式形成于18世纪末19世纪初，那个时期是欧洲民族建国的新时代，也是世界民族主义浪潮的起点。美国爱尔兰裔学者本尼迪克特·安德森在其《想象的共同体：民族主义的起源与散布》一书中指出，民族“是一种想象的政治共同体——并且，它是被想象为本质上是有限的，同时也享有主权的共同体”③。安德森所说的“想象”并非随意的主观虚构，而是在历史文化的变迁中挖掘植根于人类深层意识中的理解与认同。在漫长岁月中，拥有共同的祖先、前贤、信仰，以及想象的或历史的经验和象征符号等都成为民族主义生命力旺盛的充足理由。

从20世纪90年代至本世纪初，伊格尔顿对爱尔兰文化进行了系统而深入的专题研究。在这期间，他曾经在爱尔兰住了较长一段时间。他说：“岛上几乎所有反对英国殖民主义的爱尔兰人都是民族主义者。”④ 去殖民化民族主义在这个岛国自然而成的普遍现象可以令

---

① Terry Eagleton, "*Nationalism: Irony and Commitment*", *in Seamus Deane ed.*, *Nationalism*, *Colonialism*, *and Literature*, Minneapolis: University of Minnesota Press, 1990, p.23.

② 不列颠全书编委会:《不列颠百科全书》(国际中文版)第十二卷,北京:中国大百科全书出版社,1999年版,第25页。

③ [美]本尼迪克特·安德森:《想象的共同体:民族主义的起源与散布》,吴叡人译,上海:上海人民出版社,2003年版,第5页。

④ Terry Eagleton, "Edward Said, Cultural Politics, and Critical Theory (an Interview)", in *Journal of Comparative Poetics*, Alif 25, 2005, p.255.

人想象出英国带给爱尔兰的灾难之深重。对爱尔兰的征服促成了英国近代早期政治经济发展的新格局的形成。通过暴力将爱尔兰置于残酷的统治之下，不仅推动了以英格兰为核心的不列颠政治空间一体化整合进程的发展，更使英国社会经济发展与变迁拥有了更为丰富的资源。英国史学家克里斯托弗·希尔认为，与被当作奴隶贩卖的黑人一样，爱尔兰是保证大不列颠取得世界霸权的那个体制的最大受害者。①

马克思、恩格斯毕生都同情和支持爱尔兰的独立。他们在谈到英国和爱尔兰问题，以及其他存在侵略与被侵略关系的民族问题时，曾多次指出："压迫其他民族的民族是不能获得解放的。它用来压迫其他民族的力量，最后总是要反过来反对它自己的。"② "奴役其他民族的民族是在为自身锻造镣铐。"③ 伊格尔顿同样反对英国的殖民侵略，坚定支持爱尔兰人的民族主义战线，维护爱尔兰独立后享有的民族自决权。然而对于他所接触到的爱尔兰民族主义者，他给出的评价是："我个人认为，他们所支持的事业是正义的，但支持的理由却错了。我不认为一个族群只要与其他族群不同就可以自动地获得政治自决权。……他们和其他人群一样，之所以有自决权利，是因为他们都是

---

① [法]费尔南·布罗代尔：《15至18世纪的物质文明、经济和资本主义》第三卷，施康强、顾良译，北京：生活·读书·新知三联书店，1993年版，第426页。

② [德]恩格斯：《流亡者文献》，载《马克思恩格斯全集》第十八卷，北京：人民出版社，1964年版，第577页。

③ [德]马克思：《机密通知》，载《马克思恩格斯全集》第十六卷，北京：人民出版社，1964年版，第474页。

人类。”[①] 在伊格尔顿看来，一个国家和民族在遭受殖民侵略和非人对待的情况下，理应坚持民族主义，却不可以陷入孤立、保守和排外的狭隘思想。这与列宁的观点相同。列宁认为，马克思在 1869 年要求爱尔兰同英国分离，取得独立权，“这种要求并不等于分离、分散、成立小国家的要求，它只是反对一切民族压迫的彻底表现”[②]。

安东尼·D. 史密斯说民族主义“为现代世界秩序提供了唯一现实的社会文化框架”[③]。而今巨大的经济变迁与人口流动使许多人感到处境脆弱，因此他们要在传统语言、族裔联系以及宗教中寻找慰藉，在他们熟悉的种族联系与文化传统中寻求庇护。但是，如果将遭受殖民压迫的记忆转化为民族仇恨而盲目排外，便会出现霍布斯鲍姆所言的本质上是否定性的，或者说是“分离主义”的民族主义[④]。“如何能在反对殖民主义的同时不至于陷入（狭隘）民族主义”[⑤]，这是伊格尔顿在写完《民族主义：反讽与职责》一文后长期思考的问题。随后对爱尔兰进行的文化研究便是他尝试解决这一问题的思考过程的体现。从 20 世纪 90 年代至本世纪初，伊格尔顿陆续出版了爱尔兰研究“三部曲”——《希斯克利夫与大饥荒：爱尔兰文化研究》

---

① Terry Eagleton, “Edward Said, Cultural Politics, and Critical Theory (an Interview)”, in *Journal of Comparative Poetics*, Alif 25, 2005, pp.255-256.

② [苏]列宁：《社会主义革命和民族自决权》，载《列宁论民族殖民地问题的三篇文章》，北京：人民出版社，1971 年版，第 4 页。

③ [英]安东尼·D. 史密斯：《全球化时代的民族与民族主义》，龚维斌、良警宇译，北京：中央编译出版社，2002 年版，第 191 页。

④ [英]埃里克·霍布斯鲍姆：《民族与民族主义》，李金梅译，上海：上海人民出版社，2000 年版，第 202 页。

⑤ Terry Eagleton, “Edward Said, Cultural Politics, and Critical Theory (an Interview)”, in *Journal of Comparative Poetics*, Alif 25, 2005, p.255.

《疯狂的约翰与主教，和关于爱尔兰文化研究的其他论文》《19 世纪爱尔兰的学者与反叛者》，与随笔《爱尔兰的真相》。同时，对这一主题的研究亦散见于他的其他著作中。然而伊格尔顿在这一领域的贡献却在英国理论界引起争议，并遭到严重曲解。不少人根据伊格尔顿的出身，即他是爱尔兰移民的后裔这一情况，对其进行攻击。如马丁·麦奎兰认为他偏袒爱尔兰，蓄意制造爱尔兰历史；又如，R. F. 福斯特以为，由于他的民族同情心，从而翻出了民族主义者的陈词滥调；等等。① 诸如此类的批评不一而足。

伊格尔顿顶住了来自学术界的舆论冲击，确保了自己的研究进程。文化对于民族主义至关重要。在殖民统治下，民族文化是被抑止的文化。几内亚比索的革命兼理论家卡布拉尔认为，民族解放不但要靠民族的历史文化结束外来的宰制，同时也依赖它建立一个新的社会构成，借此人民将得到认同与尊重。卡布拉尔还注意到，古典马克思主义压倒性地强调革命政治策略中的经济面，而帝国主义的资本主义在掌控的时候特别将焦点放在异国社会中的文化层面。他写道：

> 帝国主义统治的实践……需要（无论是过去还是现在都是）对它所统治的社会以及它所存在其中的历史现实（包括经济、社会和文化的现实）多少有些正确的知识。这种知识需要以比较的角度——和宰制的主体与其历史现实做比较——才能显现。这样的知识在帝国主义的统治实践中非常必要，因为帝国主义的统治

① David Alderson, *Terry Eagleton*, New York: Palgrave Macmillan, 2004, p.99.

> 必定带来两种身份认同的对立——而且多半是激烈的对立。这两种身份认同的历史元素不同，在功用上相互矛盾。①

卡布拉尔意在指出，人民大众在面对外来宰制时，历史文化的对抗具有一种无法摧毁的特质。使用皮埃尔·布尔迪厄的术语，文化是“惯习”②，每一种都有自己的独特性记忆。法国殖民地理论家弗朗兹·法农看到了民族文化与民族现实的相辅相成性，指出：

> 在殖民统治的体系下，没有也不可能有民族文化的新的逾越或转变。各处勇敢的尝试时常会使文化的活力得以复苏，给予主题、形式和调子新鲜的推动力。这些进步现象的即刻的、可触知的、显而易见的好处是零。但如果我们追究至最终结果，便会发现这些准备拂去了民族意识的蛛网，压迫将受到审视，解放斗争将要开始。③

这的确是具有说服力的。

阿诺德 和罗斯金都相信，文化艺术属于社会变革的为数极少的几种工具之一。在英国，设计家、社会主义者威廉·莫里斯将这种文

---

① 转引自[英]Robert J.C. Young《后殖民主义——历史的导引》，周素凤、陈巨擘译，台北：巨流图书公司，2006年版，第298—299页。

② [英]安吉拉·麦克罗比：《文化研究的用途》，李庆本译，北京：北京大学出版社，2007年版，第167页。

③ Frantz Fanon, *The Wretched of the Earth*, New York: Grove Press, 1966, p.191.

化哲学应用于工人阶级运动。而在爱尔兰，民族文化则一直是去殖民化民族主义最行之有效的策略。萨义德在《东方学》一书中认为，拥有政治权力者就可以行使权力并压制和歪曲受支配者。就文学与民族而言，萨义德的观点揭示了爱尔兰与英国不平等的关系以及爱尔兰文学发展的曲折历史。萨义德关于爱尔兰的著述不多，但他的理论同样启发人们从文化政治的角度分析文学作品。

伊格尔顿爱尔兰文化研究的涉及面较为广泛，涵盖文学、历史、哲学、人类学、政治、经济、知识分子、宗教以及彼此之间错综的关系，但主要侧重研究爱尔兰文学。尽管他觉得“在现代性时期，随着文化产业的私有化，文学确实不那么重要了，它在公共领域所能产生的反响已经微乎其微。文学还在发生实际作用的地方，确切地说，只在那些还试图向现代性突进的社会里——也就是那些新殖民国家”①。而伊格尔顿恰恰将研究背景定位在爱尔兰去殖民化民族主义的形成与发展时期，可见这个定位有着明确的开启当下的目的：以爱尔兰文学成功的去殖民化经验提醒那些需要为自己寻找话语权的民族避开进退维谷的窘境，去寻找一条可能的既不会被殖民化又不会故步自封的道路。

为此，本书将伊格尔顿的爱尔兰研究提炼为以下四个方面来展开讨论。第一章阐述 19 世纪左右，爱尔兰文学文化在殖民统治下举步维艰，但其早期先锋派却实现了对宗主国传统文类规约的突破。这个突破意义重大，几近完成了去殖民化的重任。其中，重点论述由民族

---

① Terry Eagleton, “Edward Said, Cultural Politics, and Critical Theory (an Interview)”, in *Journal of Comparative Poetics*, Alif 25, 2005, p.256.

主义推动而成的爱尔兰文艺复兴运动在建构民族文化方面可圈可点的表现。第二章主要阐释去殖民化民族主义的意识形态，是如何在爱尔兰起伏跌宕的历史中被建构为人民的一部分的。民族主义与马克思主义不同，爱尔兰的文化去殖民化虽然有民族主义的取向，却具有国际主义色彩，因此避免了狭隘民族主义的危害。第三章主要联系爱尔兰的文学文化传统，分析本土爱尔兰人以及爱尔兰移民知识分子思想、性格中对悲剧受难意识的超越因素。这些因素在文学作品形式中的体现，已然开始了对宗主国正统文类的解构之路。从中可看到爱尔兰民族性格与民族主义的兴起之间存有一种深刻的渊源关系。第四章对爱尔兰文化在去殖民化过程中寻求“形式的政治”这一特点进行概括，进一步论证爱尔兰文学从内容层面看起来也许确实是公正的，但在形式层面暗示了一种政治。爱尔兰的这种去殖民化策略同文学创作中的道德与自由审美达成一致，这是爱尔兰带给世界的智慧与精彩。

第一章　突破既定文类的规约

第一节　“剽窃”作为重演和表达

在18、19世纪之交，爱尔兰科克（Cork）迎来了它的“黄金时代”。科克位于爱尔兰南部，是欧洲屈指可数的天然良港之一。作为横渡大西洋的航运中心，科克城的纺织、皮革以及各式各样的食品加工行业得到充分发展。尽管英国人对爱尔兰的殖民控制在18世纪达到了最高峰，但科克优越的地理位置促成了其大型贸易市场的形成。这使得它自身的城市规模不断扩大，并逐步发展成为南部的商业、政治和文化中心。爱尔兰灿若群星的第一拨现代知识分子阶层在这里产生。

1828年，科克的《布尔斯特季刊》宣称：“就艺术家的质量和数量而言，科克足以挑战首都。”① 城市里文学作品的出版势头强劲，更胜过都柏林。伊格尔顿在研究科克这段“文学盛世”时期的作家作品时认为，这个时代的科克艺术家大致可以分为三类：第一类如迈克里斯、科洛夫顿·克罗科尔、霍尔夫妇等，他们的作品在伦敦赢得了权威人士的好评；第二类是居于本土的安贫守道者，如瓦尔士、福特、卡拉南；第三类包括了科克最出色的两位作家马赫尼与马金，以及霍甘、奥古斯都·契、谢尔顿·诺勒斯等，他们介于前两类艺术家之间，要么是在国外取得了一些不稳定的成功，要么是构成了国内的被殖民群体中的一种。② 这些艺术家几乎都来自中产阶级家庭，是热诚的民族主义者。其中，诗人卡拉南，同时也是一位业余的古物研究家，他的作品展露出一种不受控制的爱国激情；爱德华·瓦尔士出身于科克乡间一个小农场主家庭，擅长写作叙事诗，总是努力地在诗中挽回爱尔兰的本土文化，在其《爱尔兰流行曲》诗集的序言中，他对由于英国入侵而造成的爱尔兰语的式微深表痛惜；霍尔夫人的小说创作则致力于提升爱尔兰人在英国人眼中的形象（在英国一直存在着一种惊人的一贯态度，把爱尔兰居民看作野蛮人，把爱尔兰民族视为堕落民族）。

正当科克取得的文化成就震惊英国艺术界时，其文学作品抄袭或剽窃行为的不加掩饰也达到了令人瞠目的程度。譬如，卡拉南的一首主要英文诗《英希达瑞的隐居者》便是对拜伦最负盛名的长诗《恰尔

---

① Quoted in Terry Eagleton, *Crazy John and the Bishop and Other Essays on Irish Culture*, Cork: Cork University Press, 1998, p.159.

② Terry Eagleton, *Crazy John and the Bishop and Other Essays on Irish Culture*, Cork: Cork University Press, 1998, pp.170-171.

德·哈洛尔德游记》的完全仿效；又如谢尔顿·诺勒斯为了不被冠上“剽窃”的头衔，声称自已从未读过和自己作品相关的创作①，这无疑是欲盖弥彰之举。至于幽默作家马赫尼与马金二人的翻译写作，同样都可以被认为是剽窃，因为他们在重复别人的言辞或思想时对原初作品并没有给予适当承认。如是种种的剽窃，在爱尔兰其实不仅仅限于科克，也包括都柏林。出身于都柏林的著名民族主义诗人兼音乐家托马斯·摩尔，在当时结集出版的《爱尔兰曲调》时至今日仍被看作是19世纪最为杰出的诗作之一。然而马赫尼曾指出，摩尔的“曲调”是一种琐碎的偷窃，有不少窃取自法国的游吟诗人，甚至有对印度莫卧儿文学的仿制，如“曲调”中有名的浪漫长诗《劳拉·茹珂》。②此外，对摩尔同时代的另一位有名望的诗人孟格，当代爱尔兰评论家西缪斯·狄恩的评价是：“他所有的原创作品，在某种程度上，都是译来的。”③

对于这些抄袭剽窃行为，克罗科尔在当时这样回答：“这是剽窃作品，但在而今对原初思想的剽窃有什么问题呢？”④ 当代美国教授雷蒙·费德曼以为：“剽窃是所有艺术作品的基础”，“通过切断与创

① Terry Eagleton, *Crazy John and the Bishop and Other Essays on Irish Culture*, Cork: Cork University Press, 1998, pp.183, 185.

② Terry Eagleton, *Crazy John and the Bishop and Other Essays on Irish Culture*, Cork: Cork University Press, 1998, p.194.

③ Seamus Deane ed., *The Field Day Anthology of Irish Writing*, Vol. 2, Derry: Field Day, 1991, p.6.

④ Quoted in N.C. Hultin, "Belief and Interpretation in T. Crofton Croker's Legends of the Lakes", in *Folklore*, Vol. 98, No. 1, 1987, p.77.

作者的权威和他的宝贵想象的联系，艺术从它本身抽空了原创性的幌子”。[①] 他在他的《批评小说》中宣扬了这样的观点。费德曼的这种为“剽窃”正名的说法具有一定的道理，但难免过于绝对，毕竟古今中外自铸伟词、一空依傍的天才作家还是有的。伊格尔顿对爱尔兰尤其是科克文学的剽窃现象甚为重视，他在爱尔兰研究“三部曲”中对此有较集中的论述。他注意将科克当时所处的社会背景与爱尔兰具体的文学传统联系起来进行考察，在对这种现象的阐发中，通过归纳分析，指出这种剽窃与拟仿是“翻译”的衍生物。[②] 爱尔兰人有着漫长的、缜密的翻译传统世系，他们依靠翻译汲取其他文化的养分，早在中世纪时，丰富的翻译作品就扩充并精致化了他们的文学创作。科克文学中的抄袭正是通过翻译对往昔陈词旧作的重演。

然而，伊格尔顿研究的重点在于指出，爱尔兰文学并不是试图通过这种重演简单地成为被剽窃的对象，因为思想着的心灵永远不会“简单地”成为什么东西。1150 年，爱尔兰由教皇被迫让给英国的亨利二世，至 18 世纪，英国已经以一种殖民主义征服者的姿态占有了爱尔兰。这种现象之所以发生，有很多原因，撇去经济、政治等系列条款的侵略性方案，文化起了非常重要，甚至是不可缺少的作用。在数百年的征服和压迫中，爱尔兰的文化与教育语言从爱尔兰本土的盖尔语（凯尔特语族的一个分支）转换为英语。爱尔兰文化的许多内容

---

① Raymond Federman, *Critifiction*: *Postmodern Essays*, New York: State of University of New York Press, 1993, pp.52, 56.

② Terry Eagleton, *Crazy John and the Bishop and Other Essays on Irish Culture*, Cork: Cork University Press, 1998, p.162.

都按英国的标准转化，英国文学以及英国的法律、礼节、风俗习惯等越来越处于主导地位，以至英文名都可以强加到爱尔兰人的姓氏上。约从 18 世纪 60 年代开始，英国和其殖民地间的矛盾日益尖锐，激进的爱国思想在爱尔兰开始出现。后来在 1789 年法国大革命的影响下，革命的“联合爱尔兰人协会”成立了。1798 年，“联合爱尔兰人协会”为建立一个独立的爱尔兰共和国举行起义，遭重兵镇压并以失败告终，但民族主义爱国思想的传承发扬却呈不可扭转之势。面对满目疮痍的本土文化，爱尔兰人对它的修复显得很迫切，科克文学剽窃的泛滥很大程度上是这种心情的体现。对于民族主义来说，“所有真实性源自对过去的重复，但更令人信服的看法是，复述是一种创造性的转变”①。在伊格尔顿看来，文学的重演表现为一种创造活动的自由手段，而不是爱尔兰人进一步沦为命运的奴隶的特征。

柯林武德在论述历史学家对过去历史的重演时，认为他们“不仅是重演过去的思想，而且是在他自己的知识结构之中重演它；因此在重演它时，也就批判了它，并形成了他自己对它的价值的判断，纠正了他在其中所能识别的任何错误”②。这段话同样适用于文学，并且对于文学来说，如果剽窃作品臻于完美，就会对原创构成威胁，甚至很有可能取而代之。这就是为什么孟格会戏称约翰·安斯特（歌德《浮士德》的爱尔兰翻译者）是《浮士德》的真正作者的原因；马赫尼虽然认定托马斯·摩尔偷了外语诗歌，但又不得不承认摩尔的诗似

---

① Terry Eagleton, *Crazy John and the Bishop and Other Essays on Irish Culture*, Cork: Cork University Press, 1998, p.186.

② ［英］R.G. 柯林武德：《历史的观念》，何兆武、张文杰译，北京：中国社会科学出版社，1986 年版，第 244 页。

乎有一种内置的逆转真伪的力量。①《爱尔兰曲调》不仅是诗，更是乐曲。正如伊格尔顿所评论的，摩尔的写作是“将感人的语言演绎成他祖国的音乐。‘曲调’与其说是按照乐调填词，不如说是试图将音乐神秘的言语方式导入文字表达中”②。这种尝试使他的诗作最终颠覆了原初作品与剽窃作品的主从关系，成为人们竞相传唱与模仿的对象。

在文学剽窃的道路上，马赫尼和马金显然走得更远。有一种剽窃按照原创进行复写，然后堂而皇之地给自己的作品冠以“反剽窃”的称号。这种使原初创作沦为继发性写作的剽窃，囊括了马赫尼和马金精心翻译来的文章。③ 马赫尼是科克城的知名讽刺家，以笔名 Fr. 普劳特著称，一生羁旅过许多国家和城市，学识博洽，精通拉丁语、希腊语、法语等多门语言，他的“原创”绝大多数来自对古罗马贺拉斯的讽喻诗和讽喻长短句的翻译。对他而言，翻译是一种虚假的语源追溯，所有的意义都不纯净④，因此，无所谓剽窃一说。这颇有一些解构主义的味道。伊格尔顿曾写有《普劳特和剽窃作品》一文，这篇文章的主要内容在“三部曲”中也有收录。伊格尔顿说，马赫尼的这些举动，倒置了文学等级，可被视作一反常态的殖民国家给宗主首府

---

① Terry Eagleton, *Crazy John and the Bishop and Other Essays on Irish Culture*, Cork: Cork University Press, 1998, pp.184, 196.

② Terry Eagleton, *Crazy John and the Bishop and Other Essays on Irish Culture*, Cork: Cork University Press, 1998, p.140.

③ Terry Eagleton, *Crazy John and the Bishop and Other Essays on Irish Culture*, Cork: Cork University Press, 1998, p.187.

④ Terry Eagleton, *Crazy John and the Bishop and Other Essays on Irish Culture*, Cork: Cork University Press, 1998, p.195.

(英国伦敦) 文学种类的一记耳光。[①] 翻译总是粘连着本土的历史、传统和意识形态，本雅明在其《译者的任务》中认为“译文”是一种“语言的创造性作品”。他说：“译作呼唤原作但却不进入原作，它寻找的是一个独一无二的点，在这个点上，它能听见一个回声以自己的语言回荡在陌生的语言里。……我们不妨做个比方。一个圆的切线只在一点上同圆轻轻接触，由此便按照既定方向向前无限延伸。同样，译作只是在意味这个无限小的点上轻轻地触及原作，随即便在语言之流的自由王国中，按照忠实性的法则开始自己的行程。”[②] 爱尔兰向来被英国看成是自己附属的“翻版”，马赫尼却强烈放大翻译中的能动性重构的一面，这种观点的表达不只是文学上的反叛，也是政治上的反叛：强化自己的主体意识，对英国父权至上的地位挑起威胁。这正是心智去殖民化的基础：一种矛盾的，或毋宁说，无解的，实践上的起步。

可以说，爱尔兰文学上“以剽窃反剽窃”的作品，在作为文学审美的反讽式浪漫再现的同时，也成为政治变革的先声。这是一种自发的去殖民化策略。爱尔兰的作家们形容英国对爱尔兰的政策是沉重的压迫，自始至终对祖国怀着忧郁的民族主义者的同情。因此，英国越是把爱尔兰表达为受辱的、无价值的、精神枯竭的世界，他们越是以一种令人吃惊的勇敢来寻找在历史生活的黑暗中，在堕落后的痛苦和

① Terry Eagleton, *Crazy John and the Bishop and Other Essays on Irish Culture*, Cork: Cork University Press, 1998, p.192.

② [德]瓦尔特·本雅明:《译者的任务》,张旭东译,载汉娜·阿伦特编《启迪:本雅明文选》,北京:生活·读书·新知三联书店,2012 年版,第 88—92 页。

悲惨中获得拯救的征兆。

第二节 远离英国经验的写作

黑格尔在《历史哲学》中有一段话描写人的自我意识的觉醒：

> 试想一个盲人，忽然得到了视力，看见灿烂的曙色、渐增的光明和旭日上升时火一般的壮丽，他的情绪又是怎么样呢。他的第一种感觉，便是在这一片光辉中，全然忘却了他自己——绝对的惊诧。但是当太阳已经升起来了，他这种惊诧便减少了；周围的事物都已经看清楚了，个人便转而思索它自己内在的东西，他自己和事物之间的关系也就渐渐被发觉起来了。他便放弃了不活动的静观而去活动，等到白天将过完，人已经从自己内在的太阳里筑起了一座建筑；他在夜间想到这事的时候，他重视他内在的太阳，更过于他重视那原来的外界的太阳。①

19 世纪中期以后，爱尔兰人的民族主义意识高涨，在文学和文化方面，缔造了举世瞩目的爱尔兰文艺复兴运动，自觉思索“自己内在的东西”的时代来临。爱尔兰文艺复兴大约可以从 19 世纪 90 年代

---

① [德]黑格尔:《历史哲学》，王造时译，上海：上海书店出版社，1999 年版，第 110 页。

初起算，直到 1939 年领袖人物叶芝逝世为止。这个为时约半个世纪之久的文学运动，依据凯尔特传统文化，致力于创造以爱尔兰经验为主的新文学，试图从历史、语言以及文学艺术层面，唤醒当代人对爱尔兰古老传统文化的认识，了解爱尔兰自身的特性。

在此之前，爱尔兰文学家们便已开始回到凯尔特传统去寻根，注意发掘爱尔兰历史中的英雄人物，记录用盖尔语朗诵的民间传说故事。“青年爱尔兰”① 时期，创办于 1842 年的《民族》周报为此类振兴民族文学的作品提供了平台。1891 年，以叶芝为首的一些年轻诗人决定以更积极有效的方式推进爱尔兰文学的培育和发展。经过将近一年的努力，伦敦的“爱尔兰文艺协会”和都柏林的“爱尔兰民族文艺协会”先后成立。这两个协会聚集了当时爱尔兰最优秀的文学干将——莱昂内尔·约翰逊、斯托福德·布鲁克、爱丽丝·米利根、海德、奥葛瑞德和叶芝等，文艺复兴运动正式拉开帷幕。叶芝是这场文艺革新的发起人和精神领袖，在许多研究和评论者心目中，他就是爱尔兰文艺复兴的同义词。叶芝深信文学应该与爱尔兰民族密切相连，并“希望通过文艺创造出一个民族的灵魂”②。这种建构设想表示，复兴时期的文学不仅题材，甚至创作手法也都会尽可能地回避英国经验。

英国文坛以写作现实主义小说见长，乔治·梅瑞狄斯、托马斯·

① “青年爱尔兰”指兴起于 19 世纪 40 年代的爱尔兰民族主义运动。这一运动由创办《民族》周报并为其撰稿的一群知识分子发起。“青年爱尔兰”运动的领袖托马斯·戴维被称为爱尔兰的第一个民族主义思想家。

② 陈恕：《爱尔兰文艺复兴》，载王佐良、周珏良主编《英国二十世纪文学史》，北京：外语教学与研究出版社，1994 年版，第 101 页。

哈代是这一时期的代表人物。但是，现实主义写作在爱尔兰大多乏善可陈，没能兴盛起来。伊格尔顿在对这种现象的剖析中说道："文学现实主义要求一定的文化前提，爱尔兰并不具备。现实主义小说整合个人生活，是'开拓'与'稳定'的典型表达形式；爱尔兰的社会状况很难让他们有这样乐观协调的步调。"① 19世纪时，爱尔兰大部分是农民，是欧洲最贫困的居民。对爱尔兰作家来说，"现实主义，简而言之，也许是不爱国的：刻画真实的爱尔兰或许会激起英国读者道德上（对英政府殖民统治）的愤慨，但更会加固他们对爱尔兰民族颓废堕落的认定"②。英国对爱尔兰一贯的看法是肮脏、暴躁、原始，而爱尔兰作家们长久以来着力寻求的是矫正这种恶劣印象，挽回失去的尊严，这也是文艺复兴的宗旨之一。

爱尔兰明显倾向于现代主义，文艺复兴期间涌现了多位享誉世界的早期先锋作家，如叶芝、乔伊斯、辛格、奥凯西等。每每提及现代主义，人们都会自然地将之与社会、经济的现代性所带来的"碎片化"影响联系在一起。不得不说，这在爱尔兰是一个反常现象，因为贫困、饥饿、战事不断的爱尔兰远非资本雄厚的现代化工业国。但"在爱尔兰，碎片化的历史成为优势"③。爱尔兰文化不是等待现代性，而后去历经"碎片化"的影响，"碎片"充斥在她的历史中。这

① Terry Eagleton, *Heathcliff and the Great Hunger: Studies in Irish Culture*, London and New York: Verso, 1995, p.147.

② Terry Eagleton, *Heathcliff and the Great Hunger: Studies in Irish Culture*, London and New York: Verso, 1995, p.153.

③ Quoted in Terry Eagleton, *Heathcliff and the Great Hunger: Studies in Irish Culture*, London and New York: Verso, 1995, p.298.

是伊格尔顿运用英国当代学者卢克·吉伯恩的研究理论而做出的说明。

自从“联合爱尔兰人协会”起义失败后，英国迅速于 1800 年通过“统一法案”（Act of Union），取消在都柏林有五百年历史的爱尔兰国会，将爱尔兰政府的所有事务完全置于自己的掌控之下。“统一法案”对爱尔兰经济的破坏是不言而喻的，例如，英国毫无顾忌地向爱尔兰大量输入工业革命带来的便宜货品，导致了爱尔兰许多作坊倒闭和工人失业；又如，英国不再向爱尔兰书商提供版权，造成了出版业的浩劫，之前他们一直依赖于重印英国的书籍维持生计。但又似乎并非无望，由于急剧盛行的英国通俗文化的影响，30 年代，出版商与作家再次涌现。① 然而好景不长，1845 年秋天，爱尔兰突发马铃薯大饥荒。

马铃薯是当时爱尔兰人的主要粮食来源。造成饥荒的原因是一种不为人知的病害使马铃薯受灾。这是一场空前深重的民族灾难，造成了一百万以上的人死于饥饿，另有一百六十多万人离乡背井寻求生还的严重后果②，全国人口锐减了近三分之一。惨重的代价终给爱尔兰带来奇迹。饥荒过后，“这个主要的前工业社会显示出了较发达国家社会秩序的所有政权形式”③。由于饥荒中被饿死和被迫移民的都是

① Terry Eagleton, *Heathcliff and the Great Hunger: Studies in Irish Culture*, London and New York: Verso, 1995, p.146.

② [德]马克思:《1867 年 12 月 16 日在伦敦德意志工人共产主义教育协会所作关于爱尔兰问题的报告的提纲》，载《马克思恩格斯全集》第十六卷，北京：人民出版社，1964 年版，第 516 页。

③ Terry Eagleton, *Heathcliff and the Great Hunger: Studies in Irish Culture*, London and New York: Verso, 1995, p.274.

穷人，因此尾随饥荒而来的，是这个社会的佃农和没有土地的劳工被富农和中农取代。1850 年，爱尔兰拥有世界最先进的商业化农业和高速发展的、最密集的铁路运输系统。消费市场开始扩大，进口需求增多，民族学校和报纸的创办数量翻了一番，中产阶级激增。可以说，爱尔兰是马克思所称的不均衡发展的典范。但是，经久累积的贫困使得爱尔兰的收入增长率仍徘徊在西欧最低点，贫富差距严重，小农业经营者和幸存的工人阶级跟饥荒前一样穷苦，地区间的差异也很大。1870 年，大规模的土地战争爆发，爱尔兰不可避免地进入了猛烈的阶级斗争时期。综观爱尔兰的历史，短短几十年，它如同被撕碎了一般，交杂着先进与落后、希望与绝望，更毋庸说伴随其间的各种反英行动①。可正是这段颠沛的历史造就了文艺复兴中现代主义的生长。

而在英国，伊格尔顿说道："艺术中的现实主义和哲学中的经验论，作为成熟的中产阶级的精神成果，没有给予培养未来主义或超现实主义的肥沃的土壤。"② 至 19 世纪末 20 世纪初，英国从未产生自己本土的重要的现代主义艺术家，从康拉德，到艾略特与庞德，都是引进自国外。通过移民移植而来的"英国现代主义远不如爱尔兰的激进，英国现代主义在整体上与它所鄙夷的政治保持距离，爱尔兰不

---

① 包括 19 世纪 60 年代天主教徒发起的"芬尼亚运动"(Fenian Movement)；1870 年巴特(Issac Butt)领导的"自治政府协会"(Home Government Association)，后来变成 1873 年的"自治权运动"(Home Rule Movemnt)；19 世纪 80 年代帕奈尔(Parnell)将民族主义"自治党"(Home Rule Party)引入英国议会的行动；等等。

② Terry Eagleton, *Heathcliff and the Great Hunger: Studies in Irish Culture*, London and New York: Verso, 1995, p.298.

同，其现代主义除了古朴的怀旧，还帮助产生了富于战斗性的改革方案”①。文艺复兴就是在民族主义意识激起的去殖民化心理的指引下，在文化领域发起的一次对英国的完全叛离运动。

乔伊斯一生多数时间都居住在国外，复兴期间他对爱尔兰小说的影响远不及叶芝对爱尔兰诗歌的影响那么大。1904 年，叶芝还与爱尔兰著名作家格雷戈里夫人共同创建阿贝剧院（Abbey Theatre，即现今“爱尔兰民族剧院”的前身），发起爱尔兰民族戏剧运动。叶芝不仅创作出了多部带有爱尔兰浓厚民间生活气息的诗剧，而且，他率先垂范的榜样力量赋予了剧场凝聚和构造民族精神的仪式职能，与民族解放运动相表里。虽然当时的阿贝剧院难以被看作是先锋机构，但它允许上演现代主义的戏剧，并依据德国柏林的布莱希特剧院重新设计舞台、演员与观众之间的关系。② 随着阿贝剧院影响力的日益壮大，一些极具天赋的戏剧家被发掘和聚集。我们所熟悉的剧作家辛格和奥凯西，与叶芝一样，都试图通过文学的力量改变爱尔兰文学与文化被殖民的状况，把颠倒的历史再颠倒过来。

约翰·辛格以泥土气的鲜活对白赋予戏剧活的生命，创造了一种将现实与幻想结合在一起的略显荒诞的戏剧形式：全剧围绕着一个荒唐可笑的故事展开，以喜剧形式出现，然而剧本的主题和主要角色却全部都是悲剧性的。英国著名戏剧理论家尼柯尔说过：“有一种笑可

---

① Terry Eagleton, *Heathcliff and the Great Hunger: Studies in Irish Culture*, London and New York: Verso, 1995, pp.301-302.

② Terry Eagleton, *Heathcliff and the Great Hunger: Studies in Irish Culture*, London and New York: Verso, 1995, p.303.

以突然消失在可怕的啜泣与痛哭声中。”① 辛格以爱尔兰海岸乡村为背景的代表作《西方世界的花花公子》正是这样一部杰出作品。复兴运动中最先锋的剧作家当属肖恩·奥凯西，他也是马克思主义的终身信仰者。从 1923 年至 1926 年，阿贝剧院上演了他的三部戏剧：《枪手的影子》《朱诺和孔雀》《犁与星》。在《犁与星》中，他尝试了自然主义的笔法。这部戏剧没有明晰的情节结构，更像 1915—1916 年复活节起义期间都柏林的活动画面，有许多异乎寻常的人物和极其特别的爱尔兰土语。第二幕里，酒店外身份不明的人物的演说，与酒店内醉汉的吵闹形成了对比；第四幕，两个士兵坐在尸体旁喝茶，窗外则传来枪声、救护车的笛声以及“让家里的炉火烧得旺旺的”的歌声。伊格尔顿在论述这部作品时指出，奥凯西自然主义的场景是伪造的，但作家将爱尔兰民族主义的人物形象大众化，不同于传统写作仅局限于对精英民族主义者或团体的刻画，因此是很有意义的。② 此后，在 1928 年写作的《银杯》一剧中，奥凯西开始采用表现主义等手法，并最终凭借自身不懈的努力，成为表现主义流派的代表作家。英国的文化殖民引发了爱尔兰作家发现和维护本土价值观的迫切要求，以克服由殖民主义所导致的自我或本土文化的消亡。

---

① [英]阿·尼柯尔:《西欧戏剧理论》,徐士瑚译,北京:中国戏剧出版社,1985 年版,第 304 页。

② Terry Eagleton, *Heathcliff and the Great Hunger: Studies in Irish Culture*, London and New York: Verso, 1995, p.314.

第三节 以言行事的维度与展开

一直到19世纪，反殖民主义才开始被放在特定的政治、文化和理论位置。对于爱尔兰，文化所占的紧要地位形成了其反殖民史的特色。在抗争模式的发展中，文化行动往往被视为具有抗衡的力量，对抗充满殖民者意识形态的假设、合理化的说辞，甚至抗衡殖民者对从属人民所灌输的自卑感。当殖民地的人们在政治上被宰制，在经济上被剥削时，他们发现自己的文化可以保留身份认同，即使遭受迫害、压制、羞辱，文化还是可以继续流传，赋予他们回归的力量，创造民族新的历史。爱尔兰文艺复兴时期的文化建构践证了这一理论。伊格尔顿曾明确表示：由于“先锋派”，爱尔兰向世界展示了难以想象的，或纯传统，它确证着这样的国家事件——独立的爱尔兰从未停止存在过。① 这就是说，在爱尔兰自治政府成立之前，爱尔兰文学与文化几近完成了去殖民的重任。语言学家奥斯汀曾说，有的表述“不是在陈述它是什么行为，而是在显示或表明它是什么行为”②。他用“述行”

---

① Terry Eagleton, *Heathcliff and the Great Hunger: Studies in Irish Culture*, London and New York: Verso, 1995, p.308.

② [英]J.L. 奥斯汀:《完成行为式表述》,杨音莱译,载[美]A.p.马蒂尼奇编《语言哲学》,北京:商务印书馆,1998年版,第221页。原文将“performative”译作“完成行为式”,本文采用“述行”的译法。奥斯汀把语言的使用分为“述行式”(performative utterance)和“述愿式”(constative utterance),认为后者被用来描述事态的不同,而前者是用来做某件事,达成某种意图,这就是奥斯汀著名的言语行为理论。

(performative) 一词来为这种表述定名，这个定名也可以作为复兴文学去殖民化写作的最切实的概括。

叶芝，这位复兴运动的砥柱人物，很长时间内所做的努力是使爱尔兰文学形成鲜明独特的民族风格。萨义德这样评述他："尽管叶芝明显地存在于爱尔兰，存在于英国文化与文学和欧洲现代主义中，他的确还代表着另一个引人入胜的方面：他是一个无可争辩的伟大的民族诗人。"① 其实叶芝的文学创作体裁多样，但在诗歌上的成就尤为显著和辉煌。在他那里，形成了一种既不重复于过去又不同于任何同时代诗人的现代诗学。这种诗学将艺术与政治、激情与静思、信仰与智慧相互熔铸为一个整体。从叶芝的诗作可以探溯出他的趣旨所在：文学形式、哲学思想与民族信念。这三重维度在其作品中的展开造就了"永远的叶芝"与爱尔兰风格。值得一提的是，这三方面也是复兴时期所有有为之士追求的目标。

在自传中，叶芝形容自己对祖国的爱，"是本能的，令灵魂自由不羁"②，并且希望保有这份情感，在作品里描绘爱尔兰更为深刻的图画。他认同爱尔兰的传统文化，视民间口头流传的古代神话传说为民族精神的源泉，着力通过自己的审美感知和体验去提升这些创作素材。这一点，包括伊格尔顿在内的研究者早有共识。1889 年出版的诗集《莪相的漫游及其他》充分体现了这一倾向。长诗《莪相的漫游》秉承了叶芝文辞优雅、比喻繁复的创作风格，它以对话的形式记

---

① [美]爱德华·W. 萨义德:《文化与帝国主义》,李琨译,北京:生活·读书·新知三联书店,2007 年版,第 313 页。

② [爱尔兰]叶芝:《镜中自画像》,黄伟等译,王家新编选,北京:东方出版社,1996 年版,第 143 页。

叙了凯尔特武士即诗人莪相的事迹。全诗大部分内容是由莪相向圣·帕特里克（爱尔兰基督教士和守护神）讲述的。在英帝国的殖民监禁下，爱尔兰人民被迫集体失语，成为无法表述自己的群体，而莪相的自我讲述无疑打破了这种沉默，是力求把民族记忆带回可见领域的努力。该诗一出版立即在英国和爱尔兰引起巨大反响，奥斯卡·王尔德等许多著名作家和评论家都对这部作品给予了很高评价。

一般认为，《莪相的漫游》确立了叶芝作为民族诗人的地位，但这并不影响他对艺术形式的深入求索。请看其极富幻想性的作品《寒色苍穹》：

> 我忽见那令乌鸦喜悦的寒色苍穹/它看似冰在燃烧，无尽的冰燃烧，/于是心灵与想象被疯狂驱策着/以至每一这样或那样的偶然思绪/消逝了，留存的回忆，应已不适时令/与热血，一并属于青春及涉过久远岁月的爱；/我承受了全部的责难，虽非在情理，/哭喊着战栗着往返蹒跚，/直至被光线射得满身孔洞。噢！当幽魂开始复苏，/灵床上的纷乱终结时，是否它被/赤裸着抛至了路上，一如书中所言，/为不公正的天罚所击打。①

这首诗出自他的诗集《责任》，诗歌的语调节奏顿挫变化，传达出一种强烈的直面遭遇感，读者可以感受到诗人的精神煎熬于某种艰难的使命中，“被光线射得满身孔洞”，是肉体的知觉和智性的洞察混

① W.B. Yeats, *The Collected Poems of W.B. Yeats*, New York: Macmillan, 1958, pp.122-123.

合成的难以言喻的感受。在诗中，虽然动词“复苏”（quicken）与过去分词“击打”（stricken）谐韵，却仍试图保持着自身与对方的抗衡；在另一处，韵词“时令”（season）以其原生的确定性与“理（性）”（reason）潜在的申诉力量相斗争。灵魂的沉郁、无限时空前精神的晕眩以及在无法化解的质询前的痛苦，所有这一切都被同时呈现出来。爱尔兰当代诺贝尔文学奖得主希尼认为，《寒色苍穹》是这样一首诗作，“它昭示了生命的整体性目标；它通过韵脚、节奏及抑扬语调等诗艺手法内在地完成了这一宗旨”①。

伊格尔顿深知韵律、语调对叶芝的重要性，在文论《叶芝和诗歌形式》中开宗明义，认为这些是其诗歌创作的主要手段。② 与此同时，他更关注叶芝诗学建设的另一大要素：意象。韦勒克的《文学理论》赞成“意象”包括明喻和隐喻这两种形式分类的范畴③，具有这方面的功用。而伊格尔顿说，叶芝发现政治行动为意象保存了百分之百的领地，“这是叶芝的雄心，与冗陈乏味的英国教化、模式和兜售的观点撇清关系，在这个领域形成的并非涣散的意象构筑革命而不仅仅是反映它”④。其中，关于死亡的意象，譬如《寒色苍穹》中的“幽魂”（ghost）、“灵床”（death-bed）之类，是萦绕了叶芝整整一生

---

① [爱尔兰]西默斯·希尼：《希尼诗文集》，吴德安等译，北京：作家出版社，2001年版，第328页。

② Terry Eagleton, *Crazy John and the Bishop and Other Essays on Irish Culture*, Cork: Cork University Press, 1998, p.273.

③ [美]勒内·韦勒克、奥斯汀·沃伦：《文学理论》，刘象愚译，南京：江苏教育出版社，2005年版，第213页。

④ Terry Eagleton, *Heathcliff and the Great Hunger: Studies in Irish Culture*, London and New York: Verso, 1995, p.308.

的关键之物。叶芝受神秘主义影响颇深，并著有《幻象》一书，详尽阐述了其神秘哲学的思想体系。在书中，他对死亡的解释是，“我不认为死亡是从躯体的分离，而是从唯一的与一个躯体的联系的分离”，“眼、耳和触觉对活人和死人来说范围并不总是一样的，当死人和活人使用活人的大脑时，它的能力也不总是一样的，因为死人是活人的智慧”①。据此不难觉察他诗歌中的“死”常常“生”机勃勃。叶芝回归神秘主义，是殖民主义困境的体现，如同奈保尔对印度的描述。在殖民地经受的幻灭促使他对他的社会与“文明的”现代化有反面的理解，这种阿多诺式的阐述可能会赋予叶芝更多的英雄色彩。名篇《1916 年复活节》是最好的例证。

1916 年 4 月 24 日，爱尔兰爆发了复活节起义。这场起义是一次由爱尔兰共和派以武力发动的为从英国获得独立的尝试，它是爱尔兰自 1798 年起义以来最重大的起义。当天，起义军在都柏林占据了关键据点，宣布爱尔兰共和国成立。随后的一周，英军再次残酷镇压起义军，起义领袖皮尔斯、康诺利、麦克布莱德等十五人全部被处死。这件事带给叶芝极为强烈的震撼，同年 9 月，他便写出了“复活节”长诗。诗的末节写道：

> 当沉沉的睡意终于降临在/ 狂野奔跑的肢体上时。/ 除却夜色又会是什么？/ 不，不是黑夜，是死亡；/ 这死亡是否值得？/ 英国也许会恪守信义/ 尽管做过也说过。/ 我们知道他们的梦，/

---

① [爱尔兰]威廉·巴特勒·叶芝：《幻象——生命的阐释》，西蒙译，北京：国际文化出版公司，1990 年版，第 209 页。

知道他们梦过，并已献身，/ 这就足够；若放肆的爱/ 令他们至死时不知所措会如何？/ 我用诗笔记下一切——/ 麦克多纳和麦克布莱德/ 康诺利和皮尔斯。/ 无论现在、将来，/ 只要佩戴绿色的地方，/ 他们都被改变，彻底改变：/ 一种可怕的美已经诞生。①

很明显，诗中的死亡具有丰富的矛盾意义：既是终结，也是转变。因死亡而形成的“改变”（are changed）包括两层可能的含义，既指起义领袖们被英国人化为亡尸，也指他们在爱尔兰人眼中被转换成不朽的英雄形象。伊格尔顿分析，诗行中对“死亡”提有两处疑问，诗人没有回答但也不能认为是在回避。整首诗的总体意象利用的是戏剧虚拟和角色表演的形式，人物一一上场，这样的处理无疑将死难者概括为无法摆脱历史命运控制的傀儡，个人自主性被完全剥夺。伊格尔顿在这里发现一种暗合，即死难者的这种非个人化与英雄神话的神秘的非个人性，认为叶芝是用这种方法把死难者从历史的偶然性移植到坚不可摧的神话的稳定性。

“《1916 年复活节》显然是在创造神话，目的不是评析死去的反叛者，而是‘用诗笔记下［他们］’，因此重要的是艺术本身的仪式化行为。”② 伊格尔顿得出这样的结论，并且指出，诗歌末段最重要

① W.B. Yeats, *The Collected Poems of W.B. Yeats*, New York: Macmillan, 1958, pp.179-180. “英国也许会恪守信义”一句指英国政府曾允诺爱尔兰拥有自治权。“只要佩戴绿色的地方”是指爱尔兰。爱尔兰人习惯把绿色作为民族喜庆的标志。

② Terry Eagleton, “History and Myth in Yeats's ‘Easter 1916’”, in Stephen Regan ed., *The Eagleton Reader*, Oxford and Malden, MA: Blackwell, 1998, p.351.

的一个比喻是“绿色”(green),与诗的首节当中的“混杂(之色)”(motley)形成变换，这种转变是仪式性的，暗示着革新将被孕育。①叶芝对革命感情的可靠性持一般性的怀疑态度，但面对起义者被处决事件，这种态度已被委婉地回拒了，取而代之的是对起义者的一种肯定。尽管复活节起义军事上是失败的，但在经过岁月的沉淀之后，它仍被认为是通往爱尔兰共和国最终成立道路上的一块重要的里程碑。而《1916 年复活节》的深刻之处在于，它大胆地决定在起义行动的客观有效性显豁之前，便对死者予以神话处理，令他们的名字永世垂范。这是叶芝参与事件的方式。伊格尔顿评价：

> 叶芝的诗歌是典型的“述行式”的，而非述愿、祝福、蔑视、吁求、命名、列举、告诫、遗赠，等等。确凿无疑的是诗中爱尔兰的传统信仰恰如法师、官员和政治行动家。这种“述行式”的艺术使人兼有卓而不凡与老成持重，智者与剑客的风范。在最讲求形式的叶芝诗歌里，内容的主题同样贴切。说诗歌老成是因为它的修辞介入到现实，而卓越则是由于这种介入不是源于现实本身而是源于创造性的想象。②

叶芝对爱尔兰的贡献是深远的，他的作品与文艺复兴文学向世界呈现了一种将形成独树一帜的自我与现实的姿态。此外，他还对民族

---

① Terry Eagleton, “History and Myth in Yeats's ‘Easter 1916’”, in Stephen Regan ed., *The Eagleton Reader*, Oxford and Malden, MA: Blackwell, 1998, p.352.

② Terry Eagleton, *Crazy John and the Bishop and Other Essays on Irish Culture*, Cork: Cork University Press, 1998, pp.284-285.

主义既具体又抽象的逻辑阐释过程做出了贡献，当然是以爱尔兰的方式，以一种由文学的形式层面介入的有力方式。几代爱尔兰的作家也对这一过程做出了贡献，表达了爱尔兰的身份。这个身份与爱尔兰的国土、爱尔兰的凯尔特人祖先和不断丰富的民族主义历史及其领袖，以及一种特殊的具有民族性的文学都是紧紧联系在一起的。

第二章　无法摆脱的实用理性精神

第一节　去殖民化：历史浮沉中的心理建构

爱尔兰文化的存续和再发展为解放运动提供了滋养。知识分子们在文艺复兴运动中具体可见的计划与行动，被视为最早的民族主义的文化政治，它所关注的重点是如何建构一个反宗主国的爱尔兰的身份认同，进而寻求民族的独立。爱尔兰坚定的去殖民立场是历史的抉择。

在欧洲西部濒临大西洋附近岛屿的各个民族中，定居最早、传统最悠久的就是爱尔兰人。公元前 6000 年前后，岛上开始有人定居，以渔猎为生。公元前 1500 年青铜时代中期，岛上金属工艺达到相当高的水平。但爱尔兰真正的历史大约从公元前 300 年凯尔特人到来后开始。讲盖尔语的凯尔特人原来居住在中欧，在他们到达爱尔兰岛之前，凯尔特文明已经在中欧和西欧的大部分地区播撒开来，因此他们很快就统领了爱尔兰岛，并在那里建立起了延续近千年之久的岛国文明。公元5世纪，爱尔兰宗教史上最伟大的人物圣·帕特里克的出现和基督教的传入，把拉丁文化与古老的凯尔特文明联系起来，爱尔兰迈入文化繁荣时期。神职记录员和诗人各自担负着记录传统、地方习俗、法律和口头传说的任务，富有想象力的英雄传奇、民间传说以及歌谣成为爱尔兰作家创作的重要源泉。“公元6—9世纪，当欧洲许多地方在文化上一片黑暗的时候，爱尔兰却像一盏明灯成为保存欧洲文化的一个中心。”① 艾尔弗雷德 国王欢迎爱尔兰的教士到英国传教，查理大帝同样乐意爱尔兰学者去给法兰西宫廷传授学问。至11世纪，爱尔兰一直享有“学者之岛”的美称。

12世纪中叶，英国开始在爱尔兰留下足迹。他们攻占了一座又一座城堡，并将都柏林作为英国掌控爱尔兰的行政中心。亨利八世统治时期（1509—1547），英国的入侵造成大量流血冲突，爱尔兰人伤亡惨重。亨利八世为了能够掌控爱尔兰，输送去许多国内的新教教徒，利用这种殖民的方式来同化当地的盖尔人与基督天主教徒（现在南北爱尔兰的分裂即是这一宗教历史问题的遗留）。到了伊丽莎白一世统治时期（1558—1603），英国更是扩大了对爱尔兰的支配权，比如，强迫爱尔兰人用租地的方式来向英国人租借原本属于他们的土地来耕种。1659年，英国制定出一连串刑事法，将对爱尔兰实行的霸

---

① 刘为:《爱尔兰问题》,载钱乘旦主编《欧洲文明:民族的融合与冲突》,贵阳:贵州人民出版社,1999年版,第59—60页。

权宰制推向顶峰。刑事法废除了爱尔兰天主教徒的权利，包括不得出任政府公职，不得参加选举，禁止买地、做律师、上学、当学徒、拥有兵器。天主教会成为非法组织，盖尔语被禁，对外贸易被禁。换言之，天主教徒从此失去了法律上的任何保障，也失去了依法伸张权益的权利与能力。而爱尔兰人口中有80%以上是天主教徒，刑事法旨在削弱爱尔兰人民的力量，以便达到对爱尔兰的全面控制。到18世纪末，爱尔兰本土的民众仅拥有爱尔兰全境5%不到的土地。

著名美学家埃德蒙·柏克，另一个为人所熟悉的身份是英国18世纪爱尔兰裔政治家，他是为殖民地（北美、印度、爱尔兰）人民的权利而辩护的人之中最伟大的坚持者。他曾激烈批判“刑事法”，以及对天主教徒的歧视。柏克认为，容忍对海外殖民地采行压迫政权终究会削弱并侵害英国国内制度的实践，最后会威胁到英国内部的自由。他说：“当那个国家不能够被当成自由的国家来治理的时候，我质疑怎么可能在这个国家实行自由。不可能有一个自由的国家会让另一个国家生活在奴隶制度中。他们为此付出的代价将会是他们自己的奴役。”① 柏克受其导师休谟的影响，一直坚持真正的统治建立在爱的基础上，而不是胁迫，支配权威的获得依靠的是人民的思想、情感和趣味。② 但是，处在资本积聚急遽上升期的英帝国丝毫没有放缓剥削的脚步，其对殖民地的残酷统治百年如一日。在时过境迁的今日，有些学者还声称，英国对爱尔兰，如果能采取柏克的政策，不会有今

① George Bennett ed., *The Concept of Empire*: *Burke to Atlee 1774-1947*, London: Adam and Charles Black, 1953, p.38.

② Terry Eagleton, *Heathcliff and the Great Hunger*: *Studies in Irish Culture*, London and New York: Verso, 1995, p.39.

天的乱局。

英殖民统治阶级没有能够在爱尔兰人民的情感中幸存下来，这个缺少爱的准霸权实体最终宣告破产。葛兰西在论述统治阶级如何获得霸权时说，一个社会集团的霸权地位表现在以下两个方面，即“统治”和“智识与道德的领导权”①。“统治”主要指通过压制或暴力制服敌对集团、领导同类和结盟的集团；“智识与道德的领导权”则主要指通过思想道德等方面的渗透，促成一种维护现存社会秩序的思想体系。智识与道德的领导权的形成依赖于文化实践，在市民社会中，统治阶级利用思想道德性质的“指导”，得到被统治阶级的“认可”。伊格尔顿意识到这一点并进一步指出：“霸权是葛兰西所说的‘智识与道德方面’的事；尽管霸权一词在他的作品中包括胁迫和认可两方面，它主要还是与现代国家通过权力操纵的‘持久的系统的认可’相关联。”② 这就是说，统治者最应该做的是在居民的心里筑起防御工事。这个方案在爱尔兰无缘得到验证，这一点再明朗不过。

对于英国殖民者，“智识与道德的领导权”一直是件棘手的事。“我们必须改变他们的政体、穿着、风俗、占地规矩和生活习惯，”领军攻占过爱尔兰的乔治·卡鲁爵士说，“否则不可能让他们服从。”③ 的确，当统治者与被统治者之间存在文化分歧时，霸权将很难实现，

① [意]安东尼奥·葛兰西：《狱中札记》，曹雷雨等译，北京：中国社会科学出版社，2000 年版，第 38 页。

② Terry Eagleton, *Heathcliff and the Great Hunger*: *Studies in Irish Culture*, London and New York: Verso, 1995, p.27.

③ Quoted in Terry Eagleton, *Heathcliff and the Great Hunger*: Studies in Irish Culture, London and New York: Verso, 1995, p.29.

统治者会被无形地孤立。伊格尔顿对此的解释是，因为殖民主义者的伦理源头不同，说着本土人无从知晓的语言，礼拜风格新奇，生活方式与殖民地居民的生活经验相距甚远。当然，所有这些有利于产生威慑效果；但这不是赢得本土民众拥戴的可靠基础，尤其是在急于侵占他们的土地，想废止他们的政治制度，彻底根除他们文化中对统治的不利因素时。[1] 在爱尔兰，英国的执政力量没能获得足够广泛的认可，渗透计划反显尴尬。如，对于从 12 世纪入侵爱尔兰时定居下来的诺曼系英国人，本土爱尔兰人转而融合了这些闯入者，将他们逐步转变为盖尔式群体，因此有了所谓的“老英国人”之称。又如，绝大多数爱尔兰人拒绝接受英国 16 世纪时试图对他们进行的宗教改革。这样，英国陷入了所有侵略者的二难困境：“如果霸权不能在殖民地扎根，必须予以胁迫；但若以胁迫手段进行部署，后果将是导致意识形态信任度的大量丧失。”[2] 侵略的本性，没有悬念，决定了禁盖尔语、禁天主教会等针对爱尔兰大众的洗脑性措施的最终施行。面对如是种种的暴力法案，19 世纪英国的历史学家威廉·李克的评价完全是柏克风格的：“可以制定律法，却不能左右他们的情感。”[3]

英国的奴役渐渐成为爱尔兰人的共同记忆，去殖民化的反叛情感在这个过程中很自然地被建构为殖民地居民心理的一部分，同时爱尔

---

① Terry Eagleton, *Heathcliff and the Great Hunger*: *Studies in Irish Culture*, London and New York: Verso, 1995, p.28.

② Terry Eagleton, *Heathcliff and the Great Hunger*: *Studies in Irish Culture*, London and New York: Verso, 1995, p.87.

③ Quoted in Terry Eagleton, *Heathcliff and the Great Hunger*: *Studies in Irish Culture*, London and New York: Verso, 1995, p.72.

兰民族主义有了得以形成的基础。威廉斯意义上的“感觉结构”在这里富有想象力地为客观与情感配对。1798 年起义失败后，民间领袖奥康奈尔于 1803 年决定复兴“联合爱尔兰人协会”组织，领导反抗，主要目的在于争取爱尔兰人应有的基本权利。在他领导下建立的天主教联合会，为天主教徒争取到有限的解放。1845—1850 年，爱尔兰大饥荒持续爆发，英国的霸权至此彻底化作泡影①，再无残喘的余地。

在爱尔兰人心中，这场大饥荒是英国“一场有计划的种族灭绝”②。他们在救灾工作上花的钱少得可怜，不超过一千万英镑，而花在国内的克里米亚探险上的经费高达七千万英镑。1847 年，政府否认灾情的危急性，决定放弃赈灾行动。可是从饥荒时期的记载来看，根本无从得出这样的结论。青年爱尔兰人约翰·米歇尔刻画饥荒中的儿童形如迟暮的老人，飞鸟从空中直接坠落而死。③ 在关于大饥荒时期的另一段记录上更写着这样令人触目惊心的文字：

> 绝望折磨着人们，让他们变得毫无知觉，无动于衷地等待着命运的摆布。每一家都有人死亡。疾病和饥饿是死亡的先兆，它们侵袭着年轻人和老者，体魄强劲和体质虚弱的人，母亲和孩

---

① Terry Eagleton, *Heathcliff and the Great Hunger: Studies in Irish Culture*, London and New York: Verso, 1995, p.55.

② Terry Eagleton, *Heathcliff and the Great Hunger: Studies in Irish Culture*, London and New York: Verso, 1995, p.24

③ Terry Eagleton, *Scholars and Rebels in Nineteenth-Century Ireland*, Oxford and Malden, MA: Blackwell, 1999, p.139.

子。几家人躺在潮湿的地上，被高烧吞噬，没有一个人过来润湿他们滚热的嘴唇或抬起他们无力的头。丈夫死在妻子的身边，而妻子却不知道他已经不再受煎熬了。老鼠过来咬噬尸体，幸存的人已经没有力气来把它们从这场盛宴上赶走……①

英国人真正执行得力的却是臭名昭著的格雷格里条款，他们将成千上万的农民赶到热病猖獗的济贫院或任他们流亡，兼并土地，留作他用。

这场饥荒从不同的层面在很多艺术家的绘画作品、文学创作中被反映出来。爱尔兰作家莱姆·奥弗莱迪发表了一部出色的小说《饥荒》；叶芝的剧本《凯瑟琳伯爵夫人》涉及大饥荒；帕特里克·卡文纳《大饥荒》一诗也很著名，尽管是把大饥荒用作性和精神饥渴的隐喻②；从贝克特《等待戈多》中的饥荒场景中也可以咀嚼出，事隔一个世纪后爱尔兰对饥荒记忆的恐惧和焦虑。伊格尔顿在《希斯克利夫与大饥荒》的研究章节中认为，《呼啸山庄》的主人公希斯克利夫很可能是爱尔兰难民的弃儿，他与周围环境的冲突对立代表着爱尔兰与英国之间不可调和的矛盾。勃朗特一家是爱尔兰裔，1845 年 8 月，艾米莉·勃朗特的弟弟布兰威尔去了利物浦（利物浦当时是爱尔兰难民逃亡的最大港口）一趟。在布兰威尔回来的几个月后，艾米莉开始

---

① ［英］Peter Gray:《爱尔兰大饥荒》,邵明、刘宇宁译,上海:上海人民出版社,2005 年版,第 139 页。

② Terry Eagleton, *Heathcliff and the Great Hunger: Studies in Irish Culture*, London and New York: Verso, 1995, p.13.

着手写作《呼啸山庄》。[①] 书中的希斯克利夫是老恩肖从利物浦的街上捡来的饿得半死的孤儿，说着一种谁也听不懂的话，并且他天生像个野人，无法调教。这正是英国人眼中的爱尔兰形象。然而，正如我们在作品中所读到的，希斯克利夫身上撒旦式的造反精神源自于被侮辱与被陷害。“当稚嫩的希斯克利夫闯进画眉山庄时，教养良好、神经衰弱的林顿一家放出狗来咬他，顿时扯破面纱，暴露出支撑着他们的暴力。”[②]

作家们把爱尔兰的历史写进作品，毫不留情地剥露出文明下的阴暗之根。长大后的希斯克利夫选择了出走，大饥荒培养了爱尔兰人自力更生的能力。正如伊格尔顿所说：

> 因为饥荒，爱尔兰以一种超常的速度跃入现代；但不无矛盾的是，推动这一进程的竟然完全是一场传统意义上的灾难。大饥荒最恐怖的部分是它的返租性特征，发生在爱尔兰的这场近在眼前的中世纪的瘟疫具有全部前现代特点，令人惊心动魄。这和涅槃般的起点粉碎了地域与时间的隔阂，令整个民族面目一新。同时爱尔兰文化也（经由移民）传播到世界各地。她的历史毫无疑问在延续。[③]

---

① Terry Eagleton, *Heathcliff and the Great Hunger: Studies in Irish Culture*, London and New York: Verso, 1995, p.3.

② Terry Eagleton, *Heathcliff and the Great Hunger: Studies in Irish Culture*, London and New York: Verso, 1995, p.9.

③ Terry Eagleton, *Heathcliff and the Great Hunger: Studies in Irish Culture*, London and New York: Verso, 1995, p.14.

爱尔兰去殖民化的民族主义情感凝附在一些特定的历史事件上，这些历史事件被知识分子们提炼为文化符号，既发挥锁定民族情感的对象物的功能，又诠释着一个民族的品格。

伊格尔顿在《爱尔兰的真相》一书中还提到，如今在爱尔兰的斯特罗克镇已经建成了民族饥荒博物馆①，缅怀逝去的苦难。博物馆的建立使历史叙事或记忆获得普遍的时间化，当民族成员出生时，他们可以通过现在感受并思考从前，从中取得一种民族身份的“已在状态”。而经由博物馆或其他文化符号传承下来的共同的民族寓言正是民族情感的根基。

如同个人合理讲述自身的历史经历，民族情感使得民族意识作为一种历史叙事或共同记忆被逐步引用。古奇曾表示，民族主义是一个民族的集体意识，与实现、维持与延续该民族的认同、整合、繁荣与权力的欲求结合在一起。② 这种欲求便是植根于民族这个“共同体”的民族情感。伊格尔顿在自己的自传性论文集中回忆祖父时写道：“他对爱尔兰怀有一种纯洁的感情，他曾经对我形容过那一方土地可以引领他的呼吸有如‘圣土’。”③ 对于祖母，伊格尔顿认为她承继了长期受难而能坚持生存下来的爱尔兰母亲的形象。④ 可见，人们是如此习惯于对母土的这种眷恋和维系，正是这种深刻的、基本的、共有

---

① Terry Eagleton, *The Truth about the Irish*, Dublin: New Island Books, 1999, p.80.

② See G. p. Gooch, *Nationalism*, London: The Swarthmore Press Ltd., 1920, pp.5-8.

③ Terry Eagleton, *The Gatekeeper*: *A Memoir*, London: Allen Lane, 2001, p.120.

④ Terry Eagleton, *The Gatekeeper*: *A Memoir*, London: Allen Lane, 2001, p.117.

的保证，才使得人们团结起来。

第二节　民族主义：意识形态的归途与起点

征服的幻想通常只能部分行事，殖民统治往往被一种不安全感缠绕，惧怕“土著精神状态”的不明朗，并且遭受本土社会在面对政府时明显的桀骜难驯的困扰。即使占有和统治的景致是那么逼真，他们也难免泄露出预期与实际之间的差距的焦躁，感到管制、净化、改革等手段不过徒具姿态而已，特定的殖民计划总会在某种程度上为其所面对的本土社会所屈折或阉割。来自殖民地的这种强大威力正是本土民众在去殖民化的心理建构中形成的民族主义精神，被压迫、漂泊不定、背井离乡、受尽折磨的历史使殖民地人民形成了共享某种经历的意识。这种意识将本民族与外来者区别开来，有着持久和可见的边界，并为民族内聚力和政治行动奠定了唯一的基础，如爱尔兰的盖尔语复兴、桑戈尔的黑人文化自豪感、塔法里教运动①、加维领导的美国黑人返回非洲的计划，等等。

爱尔兰作为英国最古老的殖民地，从 12 世纪下半叶开始，随着英格兰的入侵，本土盖尔语就逐渐式微，而英语日趋强势。有关爱尔

① 塔法里教运动是指 20 世纪 30 年代在牙买加和其他国家兴起的黑人政治宗教运动。

兰语式微的原因，伊格尔顿进行了概括，要点如下：第一，英国殖民统治对爱尔兰本土文化及其语言进行禁压；第二，爱尔兰语语音的区分度很微妙，本身就不是简单易学的；第三，大饥荒饿死和驱逐了几百万讲爱尔兰语的穷人；第四，近来提倡学爱尔兰语的时常与好战的民族主义有关，这使得爱尔兰人本身有所警觉。① 1893 年，文艺复兴运动伊始，以振兴爱尔兰语为主要目标的“盖尔语联盟”在德格拉斯·海德的号召下正式成立，其大力提倡本土的语言、音乐、舞蹈、风俗等。海德曾指出，放弃爱尔兰自己的语言等于放弃一个独立民族的自尊。② 因为民族语言承载着本民族源远流长的文化思想精髓，是一个民族被承认生存和拥有自己的民族身份与权利所依据的重要标准之一。

在爱尔兰，受教育的人早已被迫采用英语，盖尔语只能在民间通行。文艺复兴运动时期，包括叶芝、辛格在内的许多作家尽管认为盖尔语才是自己的母语并积极推广，但都选择用更为熟悉的英语创作爱尔兰文学，这引起了极端文化民族主义者的不满。“青年爱尔兰”的领导人物托马斯·戴维，对爱尔兰语怀有很大热情，因为他同时承认英语是生活用语的事实，便被指责为叛徒。③ 极端主义者强烈重视由相同语言群体的聚集而产生的排他的明确的异质规范性，譬如，对于

---

① Terry Eagleton, *The Truth about the Irish*, Dublin: New Island Books, 1999, pp.82-84.

② 黄宣范:《语言、社会与族群意识》，台北：文鹤出版有限公司，1993 年版，第 173 页。

③ Terry Eagleton, *Heathcliff and the Great Hunger: Studies in Irish Culture*, London and New York: Verso, 1995, p.267.

主张爱尔兰独立的“新芬党”领袖亚瑟·格里菲斯来说，爱尔兰语是政治武器而非文化资源，在培养反英情绪上更有价值。① 这些狭隘的言行遭到了明智理论家的批判，爱尔兰 20 世纪早期最引人注目的思想家弗雷德里克·莱安指出，（爱尔兰因遭受残酷侵略）寻求政治上独立的愿望是值得钦佩的，但说其他语言与寻求政治自由的行动没有丝毫关联。用讲不讲爱尔兰语来考查是不是民族主义者，将不少曾为爱尔兰解放事业做出突出贡献的人排除在外。②

弗雷德里克·莱安是一位马克思主义者，同时也是一位开明的理性主义者，具有文化批评家、社会哲学家等多重身份。伊格尔顿认为，辩证法的思想使他超越了中产阶级与资产阶级民族主义者的视野。③ 莱安在很多方面都比同时代的人见识深远。例如，他主编的《达纳报》积极培育知识分子对民族运动的热情，并声明只有政治独立才能为真正的自由思想创造物质环境，并促使其繁荣。④ 他对在殖民状况下提倡多元的自由主义者进行严厉批评，认为自由主义是“合理帝国主义”的面具。⑤ 不同于鄙视国际主义的民族主义者，他表示

① Terry Eagleton, *Heathcliff and the Great Hunger: Studies in Irish Culture*. London and New York: Verso, 1995, p.264. 新芬党是由 19 世纪爱尔兰反英民族运动发展而形成的政党，由亚瑟·格里菲斯在 1905 年建立。

② See Terry Eagleton, *Crazy John and the Bishop and Other Essays on Irish Culture*, Cork: Cork University Press, 1998, p.263.

③ Terry Eagleton, *Crazy John and the Bishop and Other Essays on Irish Culture*, Cork: Cork University Press, 1998, p.260.

④ Terry Eagleton, *Crazy John and the Bishop and Other Essays on Irish Culture*, Cork: Cork University Press, 1998, p.259.

⑤ Terry Eagleton, *Crazy John and the Bishop and Other Essays on Irish Culture*, Cork: Cork University Press, 1998, p.270.

爱尔兰版本可以为所有受迫害的国家提供慰藉；同时，他对受欧洲帝国迫害的非西方国家表示同情，他撰稿说欧洲自诩送去了知识——科学和技术知识、金融和执政知识以及经过几个世纪才奋斗成功的“自由”这一遗产，但是没有理由通过帝国主义的途径。① 他还对帝国主义在国内外实行双重标准的做法进行道德谴责②，在这一点上他看上去很像是萨义德的前驱。可以看出，莱安既倾向于成为民族主义者，却又可以被算作民族主义的批评者中的一员。这种批评不是反对，他赞同并采取民族主义的某些行动，但能及时和深刻地指出，多数民族主义者把政治独立看作终点而不是起点的思想存在偏颇。③ 莱安的深刻处正是马克思主义思想的深刻所在。

马克思主义和民族主义非常不同，因为民族主义被定义为自我中心，只会和自己的成员对话，以实现自身的解放为最终目标，马克思主义许诺的是一个更公正公平的国际世界。民族主义没有这样的规划，像今天的那些边缘或弱势文化，它们拒斥普遍舆论的霸权，但有时却在它们自己封闭、自治、严格编码的世界中再生产一种微型版本的暴政形式，“拥有相似的祖先、宗教、语言、价值观、体制的人聚集在一起，而疏远在这些方面的不同者”④，并以此而告终。就这个

---

① Terry Eagleton, *Crazy John and the Bishop and Other Essays on Irish Culture*, Cork: Cork University Press, 1998, pp.250, 268.

② Terry Eagleton, *Crazy John and the Bishop and Other Essays on Irish Culture*, Cork: Cork University Press, 1998, p.268.

③ Terry Eagleton, *Crazy John and the Bishop and Other Essays on Irish Culture*, Cork: Cork University Press, 1998, p.262.

④ [美]塞缪尔·亨廷顿:《文明的冲突与世界秩序的重建》,周琪等译,北京:新华出版社,1998 年版,第 130 页。

层面而言，马克思主义显然突破了民族主义的不足，遏制了狭隘民族主义可能带来的危害。在西方，左派知识分子一直苦于不知如何界定马克思主义和民族主义的关系。从反殖民观点来看，马克思主义和民族主义有一个共同的目标，即民族解放，如罗汀生所说："民族解放是社会主义理想中非常重要的一部分，也是社会解放的重要的一环。"① 可这并不代表民族主义就是马克思主义理想的一部分，马克思主义者认为，民族是与特定的时间或空间相联系的。

然而有一点不能否认，迄今为止民族和民族主义仍是社会解放唯一现实的基础。"记忆、神话与象征符号的链条把民族与那种普遍而持久的共同体，即族裔联结在一起，而正是这些东西赋予了民族独一无二的特征。"② 殖民政体总想在文化上对其他民族实行扩张策略，以便对那些在经济利益、政治观点和宗教信仰上千差万别的群体进行绝对控制，那么民族主义作为更稳定、更系统、更理性化的民族意识，以民族为本位讲求民族认同，必然可以成为与之分庭抗礼的有效力量。在世界一体化程度不断加深的当下，人们置身于两股力量交锋的图景，更准确地说是空间中。这个空间不一定是霍米·巴巴所称的"第三空间"。

霍米·巴巴在其《文化的定位》中一再强调"第三空间"的重要性：

---

① Maxime Rodinson, *Marxism and the Muslim World*, London: Zed Books, 1979, p.119.

② [英]安东尼·D. 史密斯:《全球化时代的民族与民族主义》,龚维斌、良警宇译,北京:中央编译出版社,2002 年版,第 191 页。

> 言说的规则从来不会是在声明中已经设计好了的“我”和“你”之间简单的交流行为。意义的生产需要这两个方位被调动起来，这种调动通过“第三空间”在上下段落中实现。“第三空间”代表着双方一般的言语状况，也代表着说话方式所带来的独特暗示——存在于述行式的和制度化的策略中，自己身处其中但不能意识到。①

第三空间，具体来说就是处于政治和现实（类似于马克思的上层建筑和经济基础）之间的文化实践，是个过程。在这个过程中，双方关系不再是简单化的二元对立关系，比如殖民者和被殖民者之间。主体是杂种性的，主体的杂种性来源于文化的混杂。“第三空间”是说民族国家和民族地域限制从思想上解除以后思维方式的巨大变革，用德里达的话来说，是一种延异。在“第三空间”中，殖民者和殖民地他者的关系是动态的、协商的。这个理论显然安慰了殖民地学者，从而会将革命性反抗的可能性降低，不同于民族主义的抵抗话语。

民族主义作为一种意识形态产生于去殖民化的斗争过程中。从马克思到阿尔都塞 、法兰克福学派，意识形态概念发生了从作为“思想体系”到作为被体验的、惯常的社会实践的转变。晚近的文化意识形态批评对叙事和文体中的意识形态问题投入了更多的注意力。詹姆逊说：“审美行为本身就是意识形态的，而审美或叙事形式的生产将

---

① H.K. Bhabha, *The Location of Culture*, London and New York: Routledge, 2004, p.53.

被看作是自身独立的意识形态行为。"① 按照伊格尔顿的说法，作家或艺术家作为社会的人，必然进入到现实的意识形态符号秩序中去，"一切艺术都是产生于某种关于世界的意识形态观念"②，即文学文化活动本身具有意识形态性质。就民族主义抗争在意识形态和文化形式的实践方面而论，爱尔兰的努力可以被评为范本。从莱安对民族主义者的忠告中，可以了解到民族主义在爱尔兰不仅被作为意识形态的目标和归途，更是意识形态的起点。所谓起点通俗一点讲是指爱尔兰民族主义没有给自己画地为牢。马克思本人赞同爱尔兰人虽是民族主义的取向，却具有国际主义色彩③，如果这是他对爱尔兰芬尼亚运动的中肯评价，对爱尔兰文化运动来说也一样。这不是在民族主义和国际主义之间做选择的问题，而是恰如法农的看法，在一种跨文化联结的国际主义架构里的一种反殖民的民族主义④，如同叶芝等人的作品。在很多方面，客观事物的主观经验构成民族主义意识形态的范畴，在文学中表达得更清楚有力，然而叶芝在对民族的神话、历史和现实进行诠释时，又能把这种诠释变成时代意识的一部分，换言之，从具体经验中透出与 20 世纪每个人都深刻相关的精神冲突。"认为受压迫社会没有多少时间想象别的社会的感觉如何，这是一个错误。正相反，

---

① [美]弗雷德里克·詹姆逊:《政治无意识》,王逢振、陈永国译,北京:中国社会科学出版社,1999 年版,第 67 页。

② [英]特里·伊格尔顿:《马克思主义与文学批评》,文宝译,北京:人民文学出版社,1980 年版,第 20 页。

③ 参见[德]马克思《关于爱尔兰问题的未作的发言的提纲》,载《马克思恩格斯全集》第十六卷,北京:人民出版社,1964 年版,第 504 页。

④ Frantz Fanon, *Toward the African Revolution*, New York: Monthly Review Press, 1967, p.199.

在许多情况下，恰恰是它们受到的压迫才促使它们产生这种同情。这首先被理解为一种社会主义的国际主义。”① 伊格尔顿如是说。因此，爱尔兰有多位早期先锋派作家成为世界范围内现代主义潮流的领军人物，不足为奇。

① [英]伊格尔顿:《文化的观念》,方杰译,南京:南京大学出版社,2003 年版,第 55 页。

第三章　超越受难的悲剧意识

第一节　走出心理预设的狂欢想象

从科克文学的崛起到文艺复兴运动，去殖民化民族主义在爱尔兰扩散为一种普遍的立场，它成为为现状感到震撼的所有人的忧患意识。因为受到震撼，爱尔兰人坚定不移地致力于建立一个不同的未来；他们努力在苦难中认识苦难和消除苦难。伊格尔顿说："民族主义，对它而言，永远不朽的是人民，因此它尽管有着悲剧性的历史，也是一种反悲剧的信念。"① 诚如卡尔·雅斯贝尔斯在《悲剧的超越》一书中所写的，"悲剧能够惊人地透视所有实际存在和发生的人情事物"②。遭遇最大的不幸，却期待着自由的最美好信念，驱使爱尔兰

---

① ［英］特里·伊格尔顿：《甜蜜的暴力：悲剧的观念》，方杰、方宸译，南京：南京大学出版社，2007 年版，第 212 页。

② ［德］卡尔·雅斯贝尔斯：《悲剧的超越》，亦春译，北京：工人出版社，1988 年版，第 6 页。

人民面对被压迫命运时采取更加高贵、更加英勇的姿态，于极端痛苦中争取进步。黑格尔认为："独立的意识的真理乃是奴隶的意识。"[①]主仆的辩证关系，譬如宗主国与殖民地，在黑格尔的讨论中，一方面是主人通过生死斗争把奴隶直接置于自己的权力支配之下，使奴隶丧失自我存在的独立性；另一方面，奴隶历经长期的劳动过程，实际上意识到自己才是真正的主人，只有自己的劳动才能让主人生存下去。这种发现有些类似于亚里士多德在论述悲剧情节时所说的"突转"，"行动的发展从一个方向转至相反的方向"[②]。而这在江奈生·斯威夫特的年代已然萌生。

斯威夫特，这位生活于 17 与 18 世纪之交的伟大的爱尔兰爱国者、讽刺作家与政治家，曾经对英国抱有幻想，赞成爱尔兰在平等的基础上与英格兰合并[③]，就像英国在 1701 年合并苏格兰那样。但英国对爱尔兰的态度一向恶劣，甚至就连艾德蒙·斯宾塞这样的英国人道主义诗人与绅士也大胆提出，由于爱尔兰人是野蛮的长刀党，他们当中的大多数应该被消灭掉。[④] 英国对爱尔兰所做的就是盘剥盖尔人民的劳动，在英国从事过政论工作的斯威夫特体会到了这些，回国后开始积极号召爱尔兰人民为自由独立而斗争。在《一个小小的建议》一文中，他强烈谴责英殖民者对爱尔兰人民的搜刮掠夺，极尽嘲讽之

---

① [德]黑格尔:《精神现象学》上卷，贺麟、王玖兴译，北京：商务印书馆，1979 年版，第 129 页。

② [古希腊]亚里士多德:《诗学》，陈中梅译注，北京：商务印书馆，2005 年版，第 89 页。

③ 陈恕:《爱尔兰文学》，北京：外语教学与研究出版社，2000 年版，第 34 页。

④ [美]爱德华·W. 萨义德:《文化与帝国主义》，李琨译，北京：生活·读书·新知三联书店，2007 年版，第 317 页。

能事：既然天主教农民其他什么都没有，他们完全可以将自己的孩子卖给地主食用以换取所需，“这种食物相当昂贵，因此特别适合地主享用。地主们已经吞下了他们多数人的父母，显然也就最有资格吃这些儿童”①。他的另一本小册子《布商的信》，鼓舞爱尔兰民众，爱尔兰应该和英国一样是自由的民族。不仅如此，斯威夫特的抗争在他作品的形式层面也有较为淋漓尽致的体现。

时值欧洲巴洛克风格盛行，伊格尔顿指出，斯威夫特最重要的小说《格列佛游记》以一种近乎巴洛克癫狂混乱的面目，对英国着迷于以主体为中心的文学类型做出重大反击：

> 一部用一个“连贯主体”格列佛做诱饵引诱读者进入自身空间的作品，但这部作品却揭示了格列佛是一片被无以复加的矛盾所横穿和摧毁的领域。……格列佛鄙视人类如耶胡，并与慧骃认同；慧骃鄙视耶胡并把格列佛视为耶胡的一员；我们为慧骃与格列佛的妄想忍俊不禁，同时却因为与耶胡更为相近而深觉不安；然而更甚的是，在某些方面耶胡甚至确实是超越了人类。读者根本无法“完整地表述”文本如此巧妙地施加于他或她的这些矛盾；他或她只是被困在它们辩证的相互作用中，面对如癫如狂的格列佛一般古怪的自我，而无法求助于作者那令人慰藉的声音的庇护。解构读者，把他或她从确定的主体贬为一个多重声音话语

① Jonathan Swift, “A Modest Proposal”, in Herbert Davis ed., *The Prose Works of Jonathan Swift*, Vol. Ⅻ, Oxford: Basil Blackwell, 1955, p.112.

功能：这就是斯威夫特的全部写作所完成的意识形态的干预。①

斯威夫特开启的是关于主体结构的问题，这也是小说的主人公格列佛在自传这个巨大反讽的领域内提出的问题：当主体话语自身成为诸多物质决定因素的压抑的产物时，主体的话语如何才能指明这些因素？斯威夫特采取了让意象获得自由而进入多价态的策略，扰乱能指，从而使得权力持有者的俯瞰性被置于幽默激进主义讽刺的质疑之下。这种乌托邦想象固然是情绪的一种宣泄和释放，同时这样的描写也是仪式性的脱冕加冕过程。“加冕和脱冕仪式的基础，是狂欢式的世界感受的核心所在，这个核心便是交替与变更的精神。”② 这在小说《格列佛游记》的文本内外被一览无遗。

从作家作品的字里行间可以觉察，深刻的悲剧意识是爱尔兰人思想中不可清除的底色；对悲剧意识的超越，便表现为走出受难的心理预设的狂欢想象。狂欢不仅仅是解构，使现存的权力结构显得异化和独断，它也释放了一种潜能，使狂欢的间离效果成为既解构又重构的辩证的意象。这种手法在后来爱尔兰的去殖民化创作中得到了更高程度的发挥。从 19 世纪初期的哥特派作家马图林、谢里丹到文艺复兴前后的王尔德、叶芝，他们的作品不乏“超自然”的魅力。

如，身为爱尔兰 19 世纪最优秀的小说家之一的威廉·卡尔顿，

---

① [英]特里·伊格尔顿：《沃尔特·本雅明或走向革命批评》，郭国良、陆汉臻译，南京：译林出版社，2005 年版，第 23—24 页。

② [苏]巴赫金：《诗学与访谈》，白春仁等译，石家庄：河北教育出版社，1998 年版，第 163 页。

来自贫穷的农民家庭，自学成才，长篇小说《瓦伦丁·麦克拉契》是他成为民族主义者的证明书，有大量的关于爱尔兰秘密社团和党派活动的描写①；另一部《黑先知》被认为是他写得最好的长篇小说，细致描述了大饥荒时农民的苦难；他的短篇小说集《爱尔兰农民的特征和故事》，深受读者欢迎，并得到马克思的称赞。伊格尔顿认为，这些短故事展示出了人类学的趣味。“如短篇《拉瑞·麦克法兰的守灵》从常规的说教情节开始，即一对勤劳的农民夫妇与一对下场可悲的懒惰夫妇的对比，但随后便转到对守灵周围的林林总总的狂欢习俗的详尽描述，相信这不会缺少英国读者的关注，因为他们对离奇有趣的爱尔兰守灵方式感到着迷。”② 能够开始文化渗透与反渗透之间的角逐，这意味着可以想见的平等正在到来。列维-斯特劳斯指出，文化除了由于远离而造成的不同外，还有由于靠近而具有的差异，因为“渴望有别于人，渴望作为自我存在。许多习俗的产生不是由于某种内部的需要或有利的偶然事件，而仅出于为了区别于那些相对邻近的社群的愿望”③。

不管是个人的狂欢想象，还是集体想象的狂欢；或者说，爱尔兰风俗与其文学中的这些描写，不管是自发的爱国，还是作为民族主义者的自觉抵抗，反宗主国殖民的道路正渐行敞亮。伊格尔顿不无欣喜

① Terry Eagleton, *Heathcliff and the Great Hunger: Studies in Irish Culture*, London and New York: Verso, 1995, p.211.

② Terry Eagleton, *Heathcliff and the Great Hunger: Studies in Irish Culture*, London and New York: Verso, 1995, p.208.

③ [法]克洛德·列维-斯特劳斯:《种族与历史 种族与文化》,于秀英译,北京:中国人民大学出版社,2006 年版,第 10 页。

地发现，对爱尔兰来讲，“如果艺术是对霸权的粗野方面的抵制，那么它也是从容不迫的自我放纵的扩展”①。这种形势的生成，从伊格尔顿的研究中可以归纳出两方面的原因：首先是社会物质环境因素的影响；其次与爱尔兰人本身的思想特质密切相关。

“爱尔兰哲学之父”、唯物主义哲学家约翰·托兰德是“泛神论”的代表，最早提出并使用“泛神论”一词，宣扬“世界上一切事物都是世界的一部分，都包含在一个赋有完满理性和永恒的理智的自然中”②，这种宇宙理性即世界灵魂，亦即上帝，“弥漫整个物质的上帝遍在于大地、海洋和太空深处”③。泛神论观点的可贵之处在于，它不认为上帝是凌驾于世界之上的第一因，而是存在于物质之内。另一位贝克莱大主教是爱尔兰哲学史上最有影响力的哲学家。正如“我思故我在”是勒内·笛卡尔哲学的代名词，贝克莱的哲学是与“存在即被感知”紧密联系在一起的。贝克莱与笛卡尔一样，都把思维与在感知的心灵当作哲学的中心课题。贝克莱笃信万物有灵论，对精灵和鬼魂怀有信仰，认为人、动植物和自然界的事物，不仅有被感知的特征，而且还具有特别鲜活的灵魂。伊格尔顿说，贝克莱的万物有灵论源自古代哲学，而古老的盖尔族便是源头之一。④ 文艺复兴时期的小

① Terry Eagleton, *Heathcliff and the Great Hunger: Studies in Irish Culture*, London and New York: Verso, 1995, p.218.

② [爱尔兰]约翰·托兰德:《泛神论要义》,陈启伟译,北京:商务印书馆,1999年版,第37页。

③ [爱尔兰]约翰·托兰德:《泛神论要义》,陈启伟译,北京:商务印书馆,1999年版,第38页。

④ Terry Eagleton, Crazy *John and the Bishop and Other Essays on Irish Culture*, Cork: Cork University Press, 1998, p.17.

说家詹姆斯・斯蒂芬斯用贝克莱风格写作，在他的笔下，月亮、星星、云朵都有显见的思想，这使他成为爱尔兰幻想小说家中最有吸引力的一位。

可见，爱尔兰文学中表现出的非凡的想象力，其产生的根源是这个民族生生不息的族群素质。这里自然关联到一个具有决定性作用的因素：民族性格。

第二节　爱尔兰性格对宿命的游离

这个问题首先关乎民族成员的身体（body）。通过双亲的基因，新出生的成员的身体得到了民族共有的身体特征——肤色、发质、面部特征等。在西方美学史上，身体在很长一段时间内扮演一个不出场的反面角色。柏拉图把身体看成理性的对立物，阻碍灵魂对“理式”的关照；笛卡尔从不认为身体在认识真理的过程中发挥作用。直到尼采，他说，“肉体这个现象乃是更丰富、更明晰、更确切的现象”①。尼采从身体的角度衡量世界，认为世界的存在方式是由身体产生的特殊感觉决定的，是身体和权力意志的成品。这种权力与身体的关系给了福柯很大的启发，他由此提出了身体的政治学：身体是权力和社会作用下的产物，被动而又敏感地记录权力对其进行的改造和管理，从

① ［德］弗里德里希・尼采：《权力意志》，张念东、凌素心译，北京：中央编译出版社，2000 年版，第 462 页。

而能够展示世界。在伊格尔顿这里，身体是人类全部思想和情感活动的承载者。激情、想象与习惯、虔诚等日常生活体验成为审美意识形态的力量，“这种力量与身体的自发冲动之间彼此统一，与情感和爱紧密相连，存在于不假思索的习俗中”①，从而解放主体，恢复被社会异化的人性。

乔伊斯就曾把《尤利西斯》称为“人体的史诗”②，说躯体在他的作品中生存和运动，为完整的人性提供家园。可略举《尤利西斯》部分章节的结构③说明问题：

章节	场景	时间	器官	学科	象征	技巧
4	住宅	上午8点	肾	经济学	水泽仙女	叙述（成人）
5	沐浴	上午10点	生殖器	植物学、化学	圣餐	自恋
6	墓地	上午11点	心脏	宗教	看守者	梦魇
7	报纸	中午12点	肺	修辞学	编辑	三段论省略式
8	午餐	下午1点	食道	建筑学	治安官	蠕动式的

……

正如乔伊斯所揭示的，人性或性格是身体特征的延伸。具体到各别民族性格来说，新生成员的诞生之地，也就是他的故乡，从第一天

① [英]特里·伊格尔顿：《美学意识形态》，王杰等译，北京：中央编译出版社，2013年版，第9页。

② Quoted in Elliott B. Gose, Jr., *The Transformation Process in Joyce's Ulysses*, Toronto: University of Toronto Press, 1980, p.42.

③ Stuart Gilbert, *James Joyce's Ulysses: a study*, New York: Vintage Books, 1955, p.30. “器官”“学科”“象征”指《尤利西斯》各章采用的主导意象。这是乔伊斯借瓦格纳的“主导主题”而采用的一种结构手法。

起就在打造他的生活视野与方式，而且就大部分情况来说，一直会影响到他的未来。新生儿的姓氏是孩子拥有的第一个民族的语言符号，而后从家庭与族人那里，又自自然然地得到了宗教或信仰，成为一个被认可的同类，具备了民族性。这些遗产，加上所有分门别类依附其上的习俗、价值、伦理、审美，以及混杂其间派生出来的其他东西，在他的家庭接纳他时，就一股脑地印到孩子的身上。在他几乎还没有任何意识之前，所有这些已经形塑了他所存在的现实，现在也变成了他的一部分。

被誉为首位“民族的”小说家的爱尔兰女作家埃奇沃斯，于1800年发表了她最精彩的作品《剥削世家》①。书中记叙了来克伦脱堡里的历代堡主如何用苛捐杂税等手段，残酷地剥削佃户：他们有的刻薄鄙啬，有的剽悍荒唐，有的昏愦糊涂。故事由来克伦脱家里的老仆人泰弟·阔克讲述。他终身为主人家服务，忠心耿耿，对各个主人只有称颂之词，但他喋喋不休的话语恰恰暴露出主人的自私和愚昧。最终，老仆人的儿子、大名鼎鼎的杰生·阔克律师取代堡主，成为土地的监管人。换个角度看，也可以认为小说是一则家仆策反的故事。泰弟恭维他主子的话和他自己的所作所为形成了鲜明的对照，他对主人的效忠等同面具，暗地里是在挖他主子的墙脚，帮儿子把主人的房产搞到手。英国作家德昆西形容泰弟的这种性格是“爱尔兰性格”的典型——令人愉悦是他们的天性，但本质上又很虚假，都是胡说、奉

① 《剥削世家》是杨必翻译这部小说时采用的标题。本书原名为《来克伦脱堡》，它叙述了来克伦脱一家的故事。“来克伦脱”(Rack-rent)这个词，是重税盘剥或逼租的意思。作者因为要形容这一家人世世代代用各种手段剥削农民，所以在姓氏中就表明了他们的身份和性格。

承话、大话和夸饰。① 这里有必要申明，像胡说“这些口头谋略是殖民主义的后果，同时也是一种抵抗的形式”②，但伊格尔顿认为这种概括并不周全。

他将爱尔兰人的性格总结为“好脾气（good-natured）”，并在“三部曲”的第二部中辟出专章“好脾气的盖尔人”进行分析。他指出，“盖尔人是眼中噙着泪，嘴角挂着微笑”③，换种说法也就是，爱尔兰人感伤而又风趣。胡说当然可以收到诙谐的效果。在《诙谐及其与无意识的关系》中，弗洛伊德就曾谈到诙谐中的快乐从“胡说的自由中衍生出来”④，胡说看似无意义，实际上是被特别乔装打扮以增加听者心理能量的消耗，因此增加了通过笑释放出来的东西。对殖民地的人们来说，这种感情的自治无形中也偏离出了宿命的轨道，使压抑的人性得到伸张。然而伊格尔顿的见地有他更胜一筹之处。

众所周知，欧洲 18 世纪后期启蒙运动中流行一种感伤主义（Sentimentalism）的文艺思潮。这一思潮源自英国，产生于英帝国资本主义加速发展、矛盾和弊端日益显著之际，表现了一批中下层知识分子由此萌生的感伤情绪。感伤主义由斯特恩的小说《在法国和意大利的感伤旅行》而得名，是要求个性解放的一种新形式，它强调感情

---

① Terry Eagleton, *Heathcliff and the Great Hunger: Studies in Irish Culture*, London and New York: Verso, 1995, p.170.

② Terry Eagleton, *Heathcliff and the Great Hunger: Studies in Irish Culture*, London and New York: Verso, 1995, p.170.

③ Terry Eagleton, *Crazy John and the Bishop and Other Essays on Irish Culture*, Cork: Cork University Press, 1998, p.105.

④ [奥]西格蒙德·弗洛伊德:《诙谐及其与无意识的关系》,常宏等译,北京:国际文化出版公司,2001 年版,第 141 页。

在生活中的作用，用情感充沛的作品唤起人们的怜悯、司情和博爱之心。即使是讽刺，口吻也温厚幽默，从本质上改变了前期启蒙主义文学的纯理性色调和嘲弄反讥的尖锐语气，对 19 世纪浪漫主义的产生和发展产生了巨大的影响。这一流派的作家善于把自己的情绪注入字里行间，是对启蒙运动的人道主义的深化——重视情感价值。值得关注的是，英国的几位最重要的感伤主义代表作家其实都是爱尔兰移民：散文家理查德·斯梯尔自认为是生活在英国的都柏林人；奥利佛·哥尔德史密斯在都柏林大学三一学院拿到文学学士之后，才到英国谋生；劳伦斯·斯特恩出生在爱尔兰，随参军的父亲在那里度过了十年之久的军旅生活。正是在这一层面上，伊格尔顿说："'盖尔感情'为英国随现代性而来的与日俱增的情感贫血提供了珍贵的资源。"①

哥尔德史密斯是风俗喜剧的先驱，因为害怕喜剧舞台上的幽默被泪水淹没，曾一度反对感伤主义，但是后来他逐步接受了这一思潮。② 喜剧《好脾气的人》同时混合了喜剧与高度感伤两种风格．小说《威克菲牧师传》肯定了道德应该服从感情的思想，成为感伤主义的名作。维多利亚时期的传记作家约翰·福斯特将哥尔德史密斯温和的幽默与他的爱尔兰的根联系起来，"他的仁慈的热心肠，他的易懂的淳朴精神，他的从最粗鄙的幽默到最温柔的哀婉的迅速转变，和令人欣悦的能在任何痛苦的深渊里幸存下来的开朗乐观的本性——谁能

① Terry Eagleton, *Crazy John and the Bishop and Other Essays on Irish Culture*, Cork: Cork University Press, 1998, p.75.

② Terry Eagleton, *Crazy John and the Bishop and Other Essays on Irish Culture*, Cork: Cork University Press, 1998, p.108.

将这些从它们生长的爱尔兰的土壤中隔离出来"①。

从古典美学看，其似乎违背了整一原则。伏尔泰就因为莎士比亚在悲剧中放入一定的喜剧因素而指责《哈姆雷特》粗糙野蛮。不过巴赫金认为，"长篇小说这一体裁的修辞特点，恰恰在于组合了这些从属的但相对独立的统一体（有时甚至是不同民族语言的统一体），使它们构成一个高度统一的整体：小说的风格，在于不同风格的结合"②。声名卓著的感伤主义文学大师斯特恩以有意破坏传统小说的结构著称，用什克洛夫斯基的话说就是："旧的世界感受，旧的小说结构，在他那里已经成为戏拟的对象。他通过戏拟驱逐它们，并借助离奇的结构恢复强烈的艺术感受和品评新的生活的敏锐性。"③ 他的长篇代表作《项狄传》杂乱无章得不可思议，心血来潮似的偏离主题，而且不连贯到了滑稽可笑的地步。

《项狄传》与其他感伤主义作品一样围绕主体的仁爱意识形态展开，但"不只是关于仁爱，而是关于仁爱的生活事例，是一种记述的述行式"④。斯特恩创作《项狄传》的本意是，"通过嘲讽那些我认为值得嘲讽的事——或有损严谨学问的东西，为世人做件善事。我将把

---

① Quoted in Terry Eagleton, *Crazy John and the Bishop and Other Essays on Irish Culture*, Cork: Cork University Press, 1998, p.105.

② [苏]巴赫金:《小说理论》,白春仁、晓河译,石家庄:河北教育出版社,1998 年版,第 40 页。

③ [苏]维·什克洛夫斯基:《散文理论》,刘宗次译,南昌:百花洲文艺出版社,1994 年版,第 243 页。

④ Terry Eagleton, *Crazy John and the Bishop and Other Essays on Irish Culture*, Cork: Cork University Press, 1998, p.126.

各行各业、各个阶层的人都拉进来，再用笑声使他们甩掉自己的荒唐”①。这个意图敦促他倾尽所有为突出“述行”性服务。主人公项狄通过某种无限的自传形式来自我再生，“各行各业、各个阶层”的读者无情地被书写的离心性所间离，因此必须不断地对材料重新把握，将自己重新置于中心地位。但项狄显然试图阻止每一次可能的误读，为将自我创造为“忠诚的写作主体”而急切地解释每一点可能的含义，这实际上是让表现性话语负载了扭曲自身甚至瓦解自身的重量。“于是他的每一次巩固自我的努力都在破坏他安稳的主体地位。每一次的采取立场都将项狄与读者卷入一次换位，正如每一次的表现努力都化解为无穷尽的意义滋生。正是这种无法控制的话语——紧随项狄每次阐述之后蔓延无穷的由其他可能字词织成的罗网——构成了解构他置自己于言语中心的努力的‘无意识’”②，“这个运动着的自传使得项狄在自我话语中被分裂，置于主体与客体之间，因此，他从未达成自我同一，从未追赶上自我存在”③。这当然又是一个巨大的反讽标志，因为这种表意潜在的无止境过剩堵塞了整个叙事，也进而从根本上剥夺了读者的中心地位。这种形式成为幽默嘲弄的替换性策略，是一种不顾令人痛苦的感情的干扰而得到快感的手段，与斯特恩在小说内容方面常用的突降式评论手法相得益彰。

---

① [美]詹姆斯·沃克:《项狄传》“序”，载[英]劳伦斯·斯特恩:《项狄传》，蒲隆译，南京:译林出版社，2006年版，第51页。

② [英]特里·伊格尔顿:《沃尔特·本雅明或走向革命批评》，郭国良、陆汉臻译，南京:译林出版社，2005年版，第22页。

③ Terry Eagleton, *Crazy John and the Bishop and Other Essays on Irish Culture*, Cork: Cork University Press, 1998, p.127.

伊格尔顿评价说："《项狄传》希望建造'一个国民尽兴地笑的王国'，人们能够将他们常见的受难转变为集体的嘲笑。这就是之后叶芝所称的'悲剧的愉悦'。"① 斯特恩对乔伊斯有很大影响，有评论家指出，"乔伊斯的精湛的语言与敏锐的心理分析结合在一起，向具有辩证眼光的读者提供了一次讽刺与哀婉混杂的盛宴"②。在《项狄传》中，斯特恩完全打破了顺着事件发生的时间先后按部就班的叙述程式，各章长短不一，有的甚至是空白，书中充满了插话，并出现大段的乐谱、星号和省略号等，具备鲜明的巴洛克寓言的形式特征。苏珊·桑塔格在为《单向街》英文本导言中对这一风格有相关阐释：

> 忠诚是通过不断累积的物品建立起来的，因此，这些物品就呈现为残片或废墟的形式。（本雅明写道："巴洛克文学共同的实践，就是持续不断地堆积残篇短片。"）本雅明在情感上深刻地认同的巴洛克和超现实主义，二者都视现实为物。本雅明把巴洛克描述成一个物的世界（纹章徽记，残篇断片）和空间化的理念。③

在《德意志悲苦剧的起源》和《拱廊研究计划》两部作品中，本

---

① Terry Eagleton, *Crazy John and the Bishop and Other Essays on Irish Culture*, Cork: Cork University Press, 1998, p.129.

② Harry Blamires, *The New Bloomsday Book: A Guide Through Ulysses*, London: Routledge, 1988, p.128.

③ [美]苏珊·桑塔格:《〈单向街〉英文本导言》,张新颖译,载孙冰编《本雅明:作品与画像》,上海:文汇出版社,1999年版,第248—249页。

雅明揭示了巴洛克风格的几个基本的美学特征，具体体现在：文本结构的破碎零散、词句的非常规或反常使用、碎片化的形式有如内容一样寄予着历史真实，等等。正是因为这些因素，巴洛克文学具有使人同受难的历史连续体彻底决裂的效力，从而能够达成革命性的救赎。《项狄传》松散的文学形式昭示的是对英国传统文学形式的叛离，是对宗主国文化权的一次猛烈的攻击。

感伤主义思潮之后，民族主义继之而起。① 伊格尔顿推断民族主义与启蒙运动后期的这种感伤主义有一定的联系：

> 民族主义当然是一个复合体，矛盾的社会现象，绝不能简化成心灵的真实；但与女权运动一样是一种有着难以估量的情感的政治。托马斯·凯特尔在《那时的重负》中称民族主义是情感从私人经验提升到了政治准则，提供小说形式作为一种复原公众情感的相似物。但民族主义与感伤主义之间有一些特定的联系，就它们的物质环境而言，两者都涉及确定的感情方面的“相对自治”。我们即刻看到对感伤主义来说这是多么正确；至于民族主义，贺瑞斯·普兰科特爵士说，英国在爱尔兰所犯的愚蠢的错误是“低估了情感的力量”。②

需指出的是，伊格尔顿认为感伤主义“是身体的唯物主义者，尽

① Terry Eagleton, *Crazy John and the Bishop and Other Essays on Irish Culture*, Cork: Cork University Press, 1998, p.84.

② Terry Eagleton, *Crazy John and the Bishop and Other Essays on Irish Culture*, Cork: Cork University Press, 1998, p.84.

管也是社会的理想主义者。在这个异乎寻常的悖论中，高尚情感的培养与它的社会环境分离，从生理学方面讲，是唯物论者思想的原始的、机械论的形式。感情在18世纪是关于神经和纤维、脉率和颤动、兴奋和愤怒方面的研究。如果它和小说有关，它也和神经学的‘感觉’类同”①。同时他引用了19世纪爱尔兰本土作家莫根夫人的一段话进行佐证：“不快乐的身体组织，对任何印象都神经敏感，这种特性在我的整个体内循环，导致整个系统都很敏锐。”② 爱尔兰人性格中的感伤是历史的积淀，与一脉相承的风趣幽默一样是生存的抗争。

第三节　边缘人在边缘的智慧

从爱尔兰漂移向英国的知识分子自古不乏，至18、19世纪之交，爱尔兰的第一拨现代知识分子层形成后，这种状况更是有增无减，对英国统治阴暗面的揭露与对英国文化准则的抵御是他们的文章、行动中最为活跃的因子。“马赫尼和马金就是经典的黑客”③，两位伦敦都市的外乡人深入到英国文化内部，并对它形成扰乱。他们成为“声名

---

① Terry Eagleton, *Crazy John and the Bishop and Other Essays on Irish Culture*, Cork: Cork University Press, 1998, pp.88-89.

② Terry Eagleton, *Crazy John and the Bishop and Other Essays on Irish Culture*, Cork: Cork University Press, 1998, p.89.

③ Terry Eagleton, *Crazy John and the Bishop and Other Essays on Irish Culture*, Cork: Cork University Press, 1998, p.180.

狼藉”的乐于恶言相向的伦敦刊物《弗莱泽杂志》的主撰人。这个刊物是一个带有冒犯性质的小报，充斥着打油诗、滑稽讽刺作品，其间伴随着富饶的爱尔兰咒骂传统。对马赫尼和马金而言，这些可谓轻车熟路。①

英国的书刊审查制度曾甚为严格。美国社会学家刘易斯·科塞指出审查实质上是“维持传统性道德的一种努力。这是向新兴劳工阶级反复灌输一种严格的责任和纪律道德观的强制性努力”②，目的是维护统治者合法合理的剥削地位。审查制度给许多知识分子带来困扰，17 世纪在牛津大学深造并任教的约翰·托兰德就发现审查和迫害使得哲学家们的言论歧义、含糊、间接。托兰德一方面认为这样是必要的，一方面又认为其伪善，因为这侮辱了他的意义应清楚易懂的信念。③ 尽管英国于 1695 年废止了书报审查制，但是由其他相关法律负责监控而建立的严厉的事后追惩制度使其“言论自由”的神话不攻自破。然而爱尔兰人丰富的情感与幽默正是可以在这种制度的夹缝中茁壮成长的种子。

爱尔兰戏剧家萧伯纳是拉马克学派中人。法国博物学家拉马克早于达尔文诞生之前就提出了生物进化学说，他坚持树状的复杂的生命

---

① Terry Eagleton, *Crazy John and the Bishop and Other Essays on Irish Culture*, Cork: Cork University Press, 1998, p.181.

② [美]刘易斯·科塞:《理念人——一项社会学的考察》,郭方等译,北京:中央编译出版社,2001 年版,第 101 页。

③ Terry Eagleton, *Crazy John and the Bishop and Other Essays on Irish Culture*, Cork: Cork University Press, 1998, p.57.

起源，而不是简单的线状的；他的门徒将这一假说推衍至社会进化理论。[①] 萧伯纳，后来成为英国著名的费边社的力将，信奉社会主义。费边主义的天才们，如悉尼·韦伯、格雷厄姆·华莱士、西德尼·奥利维尔，当然包括萧伯纳在内，他们像早年的边沁和穆勒一样，希望通过对掌权者孜孜不倦的渗透，也即给当权者实用而温和的劝谏，帮助设计和改变英国政体。在萧伯纳七十多年的岁月中，大量而又多样的活动都指向两个彼此冲突的艰难课题：摧毁官方所支持的保守观念和虚伪信条，证明资本主义的不合理；与此同时，又要在资产阶级的世界中争取能使他自由阐发“异端”思想的威信。他所采取的方法便是，给严峻忧伤的真实套上轻松笑话的外衣，因为他深知，真实只有以此方式才可能向广大读者观众敞开大门，并为统治者容忍。因此，萧伯纳确立了其戏剧通俗、明快、俏皮、反语等主要形式特征。在这背后，隐藏的是一个为使社会意识摆脱时代偏见而战的勇士的思想。如萨义德所说：“对权势说真话绝不是邦葛罗斯式的理想主义；对权势说真话是小心衡量不同的选择，择取正确的方式，然后明智地代表它，使其能实现最大的善并导致正确的改变。”[②] 托尼·本尼特在其《文化与社会》一书中也表达了相近的思想。

流亡的边缘知识分子有着双重视角，不以孤立的方式来看待事情，对新国度的体验必然使他们联想到自己的祖国。就知识方面而

---

① Terry Eagleton, *Heathcliff and the Great Hunger: Studies in Irish Culture*, London and New York: Verso, 1995, p.321.

② [美]爱德华·W. 萨义德:《知识分子论》,单德兴译,北京:生活·读书·新知三联书店,2002 年版,第 86 页。邦葛罗斯是伏尔泰讽刺作品《老实人》(Candide)中的哲学家,认为世上的一切都将臻于完善。

言，这意味着一种观念或经验总是对照着另一种观念或经验，因而使得二者有时交互出现。1989 年，伊格尔顿创作了一部关于奥斯卡·王尔德的戏剧《圣·奥斯卡》。王尔德于 1854 年出生于都柏林，毕业于牛津大学，成名于伦敦。他生前生后，都被认为是英国的著名作家。伊格尔顿在书的序言中写道："有些牛津的学生要求跟我研究奥斯卡·王尔德，我发现他们几乎连他是爱尔兰人都不知道。"① 这正是英国的文化帝国主义长久以来把邻岛的天才们统揽在自己的文学经典中所造成的，这种例子不胜枚举。尽管王尔德本人并没有抵制英国的这种"招募"，但伊格尔顿却认定他具有爱尔兰民族特性，同时也很有政治头脑。因为伊格尔顿从他的嬉笑怒骂、天马行空的创作中看到了他对英国资产阶级准则的嘲弄："当不列颠人嘲笑爱尔兰共和主义时，他站起来为之说话；他的轻浮举止是精心培养出来的，终其一生都表现出对被剥削者的同情和怜悯。"② 王尔德的父母是爱尔兰著名的民族主义者。他的母亲珍·艾吉，同时也是一位女性主义者，曾为埃奇沃斯写传，意在从英国批评家手中拯救爱尔兰小说家；她还写有一份关于饥荒的散文，控诉英政府拙劣的救济工作，显示了对人民的同情。③ 这样的家庭背景给予了才气纵横的王尔德潜移默化的影响。

---

① Terry Eagleton, *Saint Oscar and Other Plays*, Oxford and Cambridge: Blackwell, 1997, p.2.

② Terry Eagleton, *Saint Oscar and Other Plays*, Oxford and Cambridge: Blackwell, 1997, p.4.

③ Terry Eagleton, *Scholars and Rebels in Nineteenth-Century Ireland*, Oxford and Malden, MA: Blackwell, 1999, p.62.

作为唯美主义艺术运动的倡导者，王尔德受爱尔兰导师马哈菲的影响很大。在他就读都柏林三一学院时，马哈菲的教诲是：修辞是人为的，无修辞是自然的。艺术的声音是用心灵在说话，而不是自然。① 法国《拉露斯百科全书》解释“唯美主义”是：一种将形式上的精美与技巧看得高于一切的艺术态度。② 这在佩特、罗斯金等人身上的体现并不明显，直到王尔德才将之极端化。在《作为艺术家的批评家》中，他说：“形式就是一切，它是生活的奥妙。发现一种对哀伤的表达，它就会和你亲近；发现一种对喜悦的表达，你就强化了这种欣喜。……形式不仅触发了批评气质，也触发了审美直觉。”③ 此外，王尔德是西方公认的后现代主义的先驱。伊格尔顿写道：“王尔德的作品预示了当代文化理论的种种真知灼见”，“在许多方面，诸如作为自我指涉的语言，作为方便虚构的真理，矛盾性与解构化的人类主体，身体及其快感作为伪善意识形态的对立面，对我们来说奥斯卡·王尔德越发像是一个爱尔兰的罗兰·巴特”。④ 英国文化唯物主义主将道利摩尔更是认为，从王尔德的批评理论中我们可以发现后现代主义者所谓的“表层思维”方式，即强调人与物的外观性、多样性、不确定性、空洞性、非中心化等，从而对传统思想体系中强调本

---

① Terry Eagleton, *Scholars and Rebels in Nineteenth-Century Ireland*, Oxford and Malden, MA: Blackwell, 1999, p.48.

② 转引自赵澧、徐京安主编《唯美主义》，北京：中国人民大学出版社，1988年版，第191页。

③ [爱尔兰]奥斯卡·王尔德：《谎言的衰落：王尔德艺术批评文选》，萧易译，南京：江苏教育出版社，2004年版，第174页。

④ Terry Eagleton, “The Fall of Oscar Wilde”, in *New Left Review*, No. 177, Sept.-Oct. 1989, p.125.

质、内容、整体性、固定性等“深度思维”方式提出了挑战。[①] 韦勒克指明，王尔德之所以如此，是因为他看出了艺术对生活的深刻作用，针对典型的单调、风俗的奴役、习惯的专制，艺术具有振聋发聩的使命和瓦解一切的力量。[②] 于是，凭借优越的才思、能让人从幽默中读出悲伤的言语方式以及文艺界中心人物的地位，王尔德跃居为英国的名流。作为来自爱尔兰的原本被边缘化的外乡人，王尔德这种对宗主国话语权的获得是具有历史性意义的。

综观边缘知识分子一路走来的艰辛，我们发现这些彼此离散的行动派在核心与周边、中心和边缘间游走，已在两者之间建立了有力的连线。“在帝国首都的中心，他们本身属于边缘，但是他们绝非只是映照的镜子，也绝非立场暧昧含糊。……除了针对那些透过教育和思想同化他们的殖民意识形态抱持批判的距离之外，他们为自己的政治献身，他们的立场清晰，他们的目标清楚。”[③] 话虽如此，但殖民宗主国将自己自认为高人一等的知识体系、思维方式与价值等级强加于殖民地所造成的文化上的灾难性后果，在这些边缘人身上，尤其在王尔德夸张的自我炫耀、辞藻华丽的作品中也还是显示了出来。[④]

文化殖民的剥削性和压迫性逼迫爱尔兰民族主义呈“揭竿”之势。由叶芝领导的爱尔兰国内的文艺复兴是文化语境中民族主义去殖

---

① 周小仪：《唯美主义与消费文化》，北京：北京大学出版社，2002 年版，第 133 页。

② [美]韦勒克：《近代文学批评史》第四卷，杨自伍译，上海：上海译文出版社，1997 年版，第 481—482 页。

③ [英]Robert J.C. Young：《后殖民主义——历史的导引》，周素凤、陈巨擘译，台北：巨流图书公司，2006 年版，第 271 页。

④ Terry Eagleton, *Saint Oscar and Other Plays*, Oxford and Cambridge: Blackwell, 1997, p.2.

民化方案的巅峰。就复兴运动中的知识分子带给爱尔兰文化建构时代的思想养料来说，爱尔兰民族主义的行动家们应排在首位。伊格尔顿指出，知识分子在殖民社会中的角色更具积极性。① 当代民族主义研究者厄内斯特·盖尔纳与本尼迪克特·安德森都认为民族主义靠文化促进，人们需要学习文学、艺术与学科的自治，从而为政治独立做准备。爱尔兰的知识分子们为民众创办了多样的文学文化载体，“包括报纸、阅览室、讲座、流行出版物，不停的巡回演讲等”②。在某种程度上，这有些类似于哈贝马斯所描述的“公共领域”。受汉娜·阿伦特的启发，哈贝马斯用“公共领域”来指称一个现实存在的社会机制，这个社会机制允许公民针对公共事务进行公开和理性的讨论，并最终形成公共舆论。公共领域保证了“文化和政治上已经动员起来的大众”由市民变成政治社会中的公民，可以“有效地使用自己的交往和参与权利”③。确切地说，哈贝马斯笔下的“公共领域”指的是资产阶级社会中的公共领域。鉴于英帝国从未像对待本国人民那样平等地对待爱尔兰人，因此在这里实则上应该用伊格尔顿所提出来的“反公共领域（counter-public sphere）”④ 概念，完整地讲也就是反资产阶级的公共领域，来形容爱尔兰知识分子的行动才更为精确。爱尔兰

---

① Terry Eagleton, *Scholars and Rebels in Nineteenth-Century Ireland*, Oxford and Malden, MA: Blackwell, 1999, p.35.

② Terry Eagleton, *Scholars and Rebels in Nineteenth-Century Ireland*, Oxford and Malden, MA: Blackwell, 1999, p.23.

③ 哈贝马斯：《公共领域的结构转型》，曹卫东等译，上海：学林出版社，1999 年版，1990 年版序言第 13 页。

④ Terry Eagleton, *The Function of Criticism: From the Spectator to Post-Structuralism*, London: Verso, 1996, p.112.

的知识分子们运用这些方法令大众的民族激情更加深化，也更加强大。傅瑞迪以一个较清晰的表达说明了这一点："民族主义很少可以被当成一个独立的变数；它是一个形式……依赖不同的社会团体情感的强度。"①

① Frank Füredi, *Colonial Wars and the Politics of Third World Nationalism*, London: I. B. Tauris, 1994, p.21.

第四章　主体精神思想中的客观性

第一节　寻求“形式的政治”

如果说文化在英国愈来愈成为抵御社会动荡的堡垒，在爱尔兰则是激起千层浪的强有力的贡献者。宗主国或富足的现代化国家的文化很大程度上属于精神事务，而贫困的殖民地的文化所证实的则是可怕的物质力量。“托马斯·摩尔的《爱尔兰曲调》，‘青年爱尔兰’的诗选集《民族的灵魂》，查尔斯·甘卫·杜菲的《爱尔兰民谣》，斯丹迪斯·奥葛瑞德的《爱尔兰历史之英雄时代》，或德格拉斯·海德的《康诺特的恋歌》。古老神话的反复利用，时常以洁净的形式提供一种行动性的文化方案，譬如复活节起义就可从中被辨识或在更深的程度上被想象。”① 据此，伊格尔顿下结论说，从“青年爱尔兰”到复活

---

① Terry Eagleton, *Heathcliff and the Great Hunger*: *Studies in Irish Culture*, London and New York: Verso, 1995, pp.227-228.

节起义，“革命的美学得以复苏”[1]。艺术和政治在爱尔兰是非常靠近的一对，但它们确切的关系一直是有争议的话题。艺术是政治的武器、乌托邦的象征、和解的想象？它是镜子还是锤子？它是不是必须反映被压迫的当下，为波动着的精神讲话，预示在未来的实现，或者用行动展示？民族主义者通常会为这样的艺术困境感到迷惑。

叶芝和乔伊斯都曾以不同的方式宣布过，为了卓越壮丽的艺术放弃政治美学。叶芝鄙视“青年爱尔兰”的道德说教，但在他自己的作品中说教并不是让位于口语化的陈述，而是让位于神话、公众讲演、象征性符号体系这些形式。“从内容层面看起来也许确实是公正的。……在形式层面暗示一种政治。”[2] 还有乔伊斯，批评家大都认为他对政治不感兴趣，他摆出绝大多数现代主义者的姿态，公然挑衅政治美学，恰恰完全是政治的；只是他的政治刀刃虽不是社会文学传统的主流，却更为锋利。[3] 1902 年，乔伊斯从都柏林大学毕业后，曾与爱尔兰文艺复兴运动有所接触。叶芝对他说：“艺术家，当他长期生活在自己的思想中，以那些与他一样精雕细琢的艺术家为榜样后，就进入了一个由纯粹理念构成的世界。他变得极其个性化，同时也在追求彻底完美的过程中，最终变得贫瘠。相反，民间创作产生了无穷无尽的不受理念约束的形象。”[4] 可惜此时的乔伊斯信奉的是易卜生的群

---

① Terry Eagleton, *Heathcliff and the Great Hunger: Studies in Irish Culture*, London and New York: Verso, 1995, p.228.

② [英]伊格尔顿:《文化的观念》,方杰译,南京:南京大学出版社,2003 年版,第 19 页。

③ Terry Eagleton, *Heathcliff and the Great Hunger: Studies in Irish Culture*, London and New York: Verso, 1995, p.235.

④ Richard Ellmann, *James Joyce*, Oxford: Oxford University Press, 1982, p.103.

氓思想，对这段劝导傲慢不屑。但若我们回顾一下他的《尤利西斯》和《芬尼根的守灵》中描写的都柏林酒吧的聚饮和医科大学生的聚会，就会发现当中都有着都柏林酒吧特有的氛围：纵酒、挥霍、饶舌、歌唱。爱尔兰酒吧正是爱尔兰民间口头文学最活跃的地方，除了传播各种逸闻外，还充满着爱尔兰民间智慧的笑话、幽默的打趣和文字游戏。伊格尔顿在《英国小说》中将乔伊斯列入，但开宗明义地说明，乔伊斯是英国殖民地爱尔兰的公民，只是他的《尤利西斯》是英国第一部描写我们今日所称的大众文化（mass culture）的小说。①

不仅如此，一直旅居欧洲大陆各地的乔伊斯还与文艺复兴运动中的艺术家们一道，对作品进行了不同寻常的形式实验：《都柏林人》在自然主义手法中加入象征；《一个青年艺术家的画像》不仅大量运用象征，而且采用更具现代色彩的自由间接引语，并插入儿童语体、日记体等；到《尤利西斯》，则可以说小说成了乔伊斯尽情进行形式实验的场所，内心独白、自由联想、蒙太奇、反讽、戏拟、新闻体、戏剧体、教义问答体、词语变形、句式变化等，所有学问、各种文体和手法这里都有，在驾驭一切可表现对象的过程中，没有遗漏任何表现方式；而《芬尼根的守灵》，带给读者的感觉是好像整个语言的理性和逻辑结构都崩溃了，乔伊斯曾声称人们要读懂这部小说，至少需要三百年。《芬尼根的守灵》被视为欧洲文学史上的几部天书之一，评论家对作者、作品的研究可以说是乐此不疲。“（爱尔兰）天主教没

---

① Terry Eagleton, *The English novel*: *An Introduction*, Malden, MA: Blackwell, 2005, p.283.

有瞩目的理论，但他们有最好的爱尔兰小说家。"① 伊格尔顿这样评价："如果说民族主义者1916年的复活节起义将爱尔兰（作为独立的国家）绘上了世界地图，乔伊斯的作品也在同一时刻完成了重任。"②《尤利西斯》和爱尔兰自由政府同时诞生，殖民的边缘地带成为世界精神的中心。

乔伊斯的写作拥有作为爱尔兰政治武力反抗英国政府的平行线的地位，是因为"小说的形式是政治的，不在于它的内容"③。伊格尔顿在2005年的访谈中说：

> 我要说的是：应该寻求形式的政治。这才是一切事情发生的根源，而不是作者和作品所说的东西。不要只盯着能指和所指，不要一味地谈论性别和伦理偏见而完全不顾语气、音调、语速、文采、句法、称呼、节奏、音域和叙事结构。……形式的政治是指把艺术品中的政治或意识形态从其美学本旨的细微之处首先提纯出来。④

乔伊斯一直是英国殖民主义尖锐的批评者，即使在晚年，他也指

---

① Terry Eagleton, *Scholars and Rebels in Nineteenth-Century Ireland*, Oxford and Malden, MA: Blackwell, 1999, p.30.

② Terry Eagleton, *The English novel: An Introduction*, Malden, MA: Blackwell, 2005, p.291.

③ Terry Eagleton, *The English novel: An Introduction*, Malden, MA: Blackwell, 2005, p.292.

④ Terry Eagleton, "Edward Said, Cultural Politics, and Critical Theory (an Interview)", in *Journal of Comparative Poetics*, Alif 25, 2005, pp.262-265.

责英帝国主义带给爱尔兰的影响是可憎的。但乔伊斯从不是热情的民族主义者，尤其反对民族主义者的沙文主义和文化纯粹主义。《一个青年艺术家的画像》中的年轻的迪达勒斯·斯蒂芬的情况更明显。斯蒂芬整个早年生涯体现了两股力量的拉锯战：一边是教会、教书业、爱尔兰民族主义之类体制的诱惑；一边是他缓缓生发的顽固自我，以魔鬼式的我不效劳为格言。西缪斯·狄恩对乔伊斯的这部小说有如下精彩的看法：这是“英文中第一部完完全全呈现热爱思索的长篇小说”①。斯蒂芬疏离任何意识形态的“规划”，因为这些规划的效应会减损他的个性；在小说的结尾时，他对家庭和芬尼亚组织成员的批判，不亚于对任何意识形态的规划的批判。即便如此，这里有必要提起的却是乔伊斯本人所说的另一段话：“都柏林那既乏味又闪光的氛围，它的迷幻的忧郁、碎片般的混乱、酒吧里的气氛、停滞的社会——这一切只能通过我使用的词语的肌质传递出来。思想和情节并不像某些人说的那么重要。”② 可见，乔伊斯认为形式同样是传达文本意义和展现审美效果的基础。

“《芬尼根的守灵》曾被法国批评家赞誉为一部伟大的反法西斯小说，不是因为它讲了很多法西斯主义，而是因为它五旬节的混杂的言语和混合的民族神话反对了种族纯化。”③ 乔伊斯不具备狭隘的民族

① Seamus Deane, *Celtic Revivals*: *Essays in Modern Irish Lierature*, 1880-1980, London: Faber and Faber, 1985, p.75.

② Arthur Power, *Conversations with James Joyce*, Dublin: The Lilliput Press, 1999, p.113.

③ Terry Eagleton, *The English novel*: *An Introduction*, Malden, MA: Blackwell, 2005, p.292.

意识，他的小说形式证明了这一点。卢卡契在他的早期论文《现代戏剧的发展》中写道："文学中真正的社会因素是形式。"① 伊格尔顿的《批评与意识形态》一书里有这样一段话：

> 文本是一连串的意义、理解和反应，它们首先内在于作为意识形态的真实的想象性生产之中。"文本的真实"与历史的真实紧密相连，它不是历史真实的想象性转换，而是特定的意指实践的产物，这个实践最终的来源和指涉物就是历史本身。②

索绪尔区别了语言的横组合与纵聚合关系：纵聚合是无意识唤起、联想出来的并列或对照关系，这种心理联想与语言内的其他要素共存而产生，或是语词，或是形式，或是两者均有的共同的东西，是个相互关联的整体，也就是说是个意指系统，其中含有不同的层级和类别。伊格尔顿认为"文本的真实"是"特定的意指实践的产物"，正说明对文本所反映的历史真实的理解，不能局限在内容真实的单一面。托洛茨基在一段启发性评论中，认为"形式与内容之间的关系取决于这个事实：在一种内在需要，即集体心理要求的压力下，才有新形式的发现，明确和发展，这种需要，像其他东西一样，有其社会根

① 转引自[英]特里·伊格尔顿《马克思主义与文学批评》，文宝译，北京：人民文学出版社，1980 年版，第 24 页。

② Terry Eagleton, *Criticism and Ideology: A Study in Marxist Literary Theory*, London: New Left Book, 1976, p.75.

源"①。因而，文学形式的重大发展产生于意识形态发生重大变化的时候。詹姆逊在他的《马克思主义与形式》中也说："形式本身实际上只是内容在上层建筑领域内的实现。"② 无论是乔伊斯对语言的实验性的探索，还是从叶芝到辛格的风格和意象的获得；无论是斯威夫特小说中体现的爱尔兰狂欢文化，还是斯特恩含泪的微笑中迸发出的意识流的滥觞，或是王尔德对艺术形式的提倡；最重要的一点，不管文学大师们主观上的民族主义思想有着如何曲折的历程，客观上，这些形式的自由正构筑出政治的明确性与坚定性——竖立断然不再沦为宗主国附庸的榜样。一句话，走向复兴的爱尔兰文学"是有关形式政治的问题"③。

埃里·凯杜里曾直言不讳，民族主义是"文人们所创造的"④，从"形式的政治"这个角度，可以做出更周密的理解。"要表达出一个种族或一个民族的本质，"爱尔兰文艺复兴运动中的斯丹迪斯·奥葛瑞德称，"艺术家需要绝对的自由，避开正面历史，不屈服于专制的事实。"⑤ 也许在被殖民的境况中，最适合的文化是先锋派的形式实验，释放政治无意识。这样就决定了文本不可能如西方马克思主义

① 转引自[英]特里·伊格尔顿《马克思主义与文学批评》，文宝译，北京：人民文学出版社，1980 年版，第 28 页。

② [美]弗雷德里克·詹姆逊：《语言的牢笼 马克思主义与形式》，李自修译，南昌：百花洲文艺出版社，1997 年版，第 278 页。

③ Terry Eagleton, *Heathcliff and the Great Hunger: Studies in Irish Culture*, London and New York: Verso, 1995, p.13.

④ [英]埃里·凯杜里：《民族主义》，张明明译，北京：中央编译出版社，2002 年版，第 65 页。

⑤ Quoted in Terry Eagleton, *Heathcliff and the Great Hunger: Studies in Irish Culture*, London and New York: Verso, 1995, p.238.

理论家卢卡契和戈德曼所认为的一定是前后连贯的统一的整体，而可能会是一个充满矛盾和分散的离心结构。作品在意识形态方面受到约束时，在内容或形式方面会出现大量的沉默、缺失、断裂甚至矛盾，这些意味深远的间隙才是能确凿地感受到作者意识形态存在的地方。

席勒在两百多年前已经注意到了形式的表意功能，他甚至把形式放在文本表意的第一位："在真正美的艺术作品中不能依靠内容，而要靠形式完成一切。因为只有形式才能作用于人的整体，而相反的内容只能作用于个别的功能。内容不论怎样崇高和范围广阔，它只是有限地作用于心灵，而只有通过形式才能获得真正的审美自由。因此，艺术大师的独特的艺术秘密就是在于，他要通过形式来消除素材。"① "形式起初改变人的外部，然后改变人的内部。"② 在席勒看来，艺术要想不仅仅在某个具体问题上启示读者，而实现从观念、情绪、行动等各方面影响人的整体，只有通过形式才能做到。寻求"形式的政治"使得爱尔兰去殖民化文学的建构一方面没有贻误审美，将文学审美转化为空洞的口号；另一方面也没有导致道德教条化，令"精神"价值枯竭，陷入伦理主义。

---

① [德]席勒:《美育书简》,徐恒醇译,北京:中国文联出版公司,1984 年版,第 114—115 页。

② [德]席勒:《美育书简》,徐恒醇译,北京:中国文联出版公司,1984 年版,第 143 页。

第二节 道德与自由审美的文学呈现

哈奇生，这位18世纪伟大的哲学家、美学家，从夏夫兹博里那里继承了“道德感”这一概念——我们迅速的、直接的能力，被动的、非自愿的身体官能，通过“道德感”可以判断行为或动机的善恶：

> 道德感，哈奇生在《论美和德行两种观念的根源》中告知我们，是“某种本能，所有理性与利害关系的先行词，影响着我们与他人的爱”。总之，这个原先玄奥的全新标注带上了我们无私的怜悯。因而他在《道德哲学体系简介》中评论，“通过最自然的力量，早于任何推理或冥想，我们为其他人事的成功深感欣喜，也为他们的不幸而悲痛……丝毫没有考虑我们自己的利益”。①

在某种程度上，哈奇生的“道德感”类似于一种海德格尔式的“前理解”（pre-understanding）。夏夫兹博里运用这个概念时有他特殊的理论背景。当时霍布斯和曼德维尔主张人性生而自私，荷兰裔思想

① Terry Eagleton, *Heathcliff and the Great Hunger: Studies in Irish Culture*, London and New York: Verso, 1995, pp.105-106.

家曼德维尔在《蜜蜂的寓言》和其他著作里提出，德行起于荣辱感，而荣辱感起于自私，它是“逢迎骄傲的政治产物”[1]；而且夏夫兹博里所责备的恶劣行径是文明社会所必需的，骄奢淫逸的人越多，对货物的要求就越多，就业者也就越多，而工资也更高，因此社会也就更繁荣。他的这套骇人听闻的理论轰动一时。

针对曼德维尔的攻击，哈奇生为夏夫兹博里的学说不遗余力地加以辩护。乔伊斯的《尤利西斯》中的一句经典名言“爱就爱爱爱”(Love loves to love love)[2]，是哈奇生道德善与仁爱观点的最好诠释。

> “道德善”，哈奇生在《论美和德行两种观念的根源》中评注，“指示我们行动中的某些关于品质理解的看法，使行动获得认可，并关爱行动者，那些在行动中并不获得好处的人。”道德判断是述愿式的，同时也是述行式的，是对自己做出的仁爱行动的响应。去爱就是去欣赏另一个人的快乐，所以与无私等同。[3]

伊格尔顿的论述不仅指出哈奇生道德感不涉及利害关系的观念，而且进一步指出了其以言行事的作用。以言行事也是他对爱尔兰去殖民化文艺复兴运动的至高评价。文艺复兴中的作家们着眼于爱尔兰民

---

① [荷]伯纳德·曼德维尔：《蜜蜂的寓言》，肖聿译，北京：中国社会科学出版社，2002年版，第37页。

② [爱尔兰]乔伊斯：《尤利西斯》，金隄译，北京：人民文学出版社，1994年版，第506页。

③ Terry Eagleton, *Heathcliff and the Great Hunger: Studies in Irish Culture*, London and New York: Verso, 1995, p.118.

族本身，以欧洲现代文学的典范作品挽救了濒临灭绝的盖尔文学，将爱尔兰的宗主国文化从属的地位进行倒置。

由于认为道德是天生的，“道德之追求并不出于追求者的利害计较或自爱”①，哈奇生反对理性主义。在《举例说明道德感》中，他驳斥唯理论者，宣称任何理性对道德判断的预先辩解一定含蓄地以它寻求解释的特定的道德感为前提。② 相反，受他影响颇深的康德却将道德置于自然之上。在康德的《实践理性批判》中，道德律法属于理性的范畴是具有绝对约束力的，但也是神秘的。伊格尔顿客观评价，“如果道德价值不建筑在社会关系的基础上，或存在于人性和熔铸它们的神圣的法律中，它们就会变得自成目的（康德）、心理化（情绪主义、实用主义），相对化（历史决定论）或主体化。”③ 据此，伊格尔顿表示，康德拥有道德真理的一半，哈奇生拥有另一半。哈奇生置身于欧洲启蒙运动的潮流中，他的《道德哲学体系简介》在为人类生而平等的论证中拥护妇女、儿童、仆人、奴隶的权利；强调民主普遍存在于成人和孩童、目不识丁者与精英中。④ 事实上，联系他所生活的社会背景，这些道德思想无疑是爱国的具现。“他的哲学对托马斯·杰斐逊形成重大影响，帮助美国独立斗争塑形，在爱尔兰则帮助

---

① [爱尔兰]赫起逊:《论道德上的美与恶观念的起源(1725)》,星南译,载周辅成编《西方伦理学名著选辑》上卷,北京:商务印书馆,1964 年版,第 792 页。此篇为《论美和德行两种观念的根源》的选译。

② Terry Eagleton, *Heathcliff and the Great Hunger: Studies in Irish Culture*, London and New York: Verso, 1995, p.106.

③ Terry Eagleton, *Heathcliff and the Great Hunger: Studies in Irish Culture*, London and New York: Verso, 1995, p.108.

④ Terry Eagleton, *Heathcliff and the Great Hunger: Studies in Irish Culture*, London and New York: Verso, 1995, pp.122-123.

形成了联合爱尔兰人的革命。”① 甚至到文艺复兴运动，这个脉络的延续清晰依旧。

与其他启蒙主义者一样，哈奇生认为道德与审美密切相关，道德感“渗透到所有生活环境中，充满每个角落；缓慢进入人类所有更人道的消遣活动和娱乐活动中。诗歌与修辞完全依靠它，绘画、雕塑、表演的艺术也在很大程度上需要它。选择妻子、朋友、同事都用到它；它甚至深入到我们的游戏和欢乐中”②。他还认为与道德感一样，审美不涉及利害关系，“美与谐调的观念，像其他感性观念一样，是必然令人愉快，而且直接令人愉快的”③，并希望在此基础上实现个人同社会的和谐一致。伊格尔顿把这种审美乌托邦思想定义为“心灵的法则”，审美“成为社会关系的丰富而全新概念的形象，成为一切邪恶的利益的天敌”④，从而解决意识形态的矛盾。当然，哈奇生并没有意识到他自己是一位乌托邦的想象者。哈奇生审美化的道德教义——自我愉悦并以自身为结果，社会生活犹如艺术风格，自发的冲动对抗工具理性，等等——在后来他的同胞王尔德的作品中，以炫耀的漫画化的形式再次呈现出来。

在哲学发展方面，休谟支持道德审美化。在某种意义上，马克思

---

① Terry Eagleton, *Heathcliff and the Great Hunger: Studies in Irish Culture*, London and New York: Verso, 1995. p.122.

② Quoted in Terry Eagleton, *Heathcliff and the Great Hunger: Studies in Irish Culture*, London and New York: Verso, 1995, p.114.

③ [爱尔兰]哈奇生:《论美、秩序、和谐、意匠(选)》，载《缪灵珠美学译文集》第二卷，北京:中国人民大学出版社，1998年版，第60页。

④ [英]特里·伊格尔顿:《美学意识形态》，王杰等译，北京:中央编译出版社，2013年版，第27页。

希望将道德审美化，把伦理从一种超历史的规范转变为以愉悦为至上目标的历史力量的实现。美好的生活就是全面地实现人的能力、自由的生活。但另一方面，伊格尔顿认为马克思又继承了康德严厉的反审美的目的：

> 这样一种刻板的责任概念，不管它在康德手中是否能够证明，并不意味着简单地成为意识形态。相反，可以在社会主义斗争的悲剧叙事中感受到它的力量，在那里，人们被鼓励为了其他人的更大幸福而牺牲他们自己的充分发展。这样一种自我牺牲行为几乎没有愉快，而且常常没有利益，也许人们可以宣称这是一种爱；虽然爱和幸福的生活最终是统一的，但是在相当长的一段时间里，它们将陷入一种悲剧的矛盾的状态，为了普遍幸福的繁荣看来有时必须放弃个人的满足。①

与柏克崇高美学的胁迫感相类似，在经受政治力量的磨炼的过程中，人性遭遇了胁迫——人的精神与情感的多样性趋于同一和极端。这在文学中常以号召全民式的标语、公文化的写作程式表现出来。而在伊格尔顿的研究中，爱尔兰去殖民化文学创作中对“形式的政治”的追求，基本解决了在道德前提下保持文学或文化的自由审美状态这个似是而非的矛盾。例如，王尔德既信仰社会主义，也主张“为艺术而艺术”；叶芝“同时是诗人、神秘主义者、政治组织者、民俗学者、

① [英]特里·伊格尔顿：《美学意识形态》，王杰等译，北京：中央编译出版社，2013年版，第212页。

超自然主义者、剧场导演和文化巨擘”①。

又如乔伊斯，在许多论说中，他都主张追溯到生活真相的最底层。真实的标准不只是适用于艺术的题材、形象和情节，同样适用于艺术形式本身。《尤利西斯》中有一个关于艺术的比喻可以说明乔伊斯对艺术的这一看法，即斯蒂芬把一面带裂纹的破镜子称作“爱尔兰艺术的象征”②。这句话出自王尔德的《谎言的衰落》，全句是“我很能理解你反对把艺术视为镜子。你认为那样会把天赋降低到一面破镜子的地步”③。王尔德这句话表达的是唯美主义者反对把艺术视为生活的反映，在他们看来，生活反倒是艺术的镜子。不过，与王尔德不同，对相信艺术表现生活的乔伊斯来说，把艺术喻为镜子却不应有任何不妥，他正是用镜子象征爱尔兰的艺术。值得注意的是，乔伊斯的镜子是一面有裂纹的破镜子，镜子的裂纹使照镜子的人在看到镜中自己的同时，也看到了镜子本身。在乔伊斯看来，艺术要照出现实，也要显示自身的存在。乔伊斯把他的这一原则推广到了词语、叙述、风格等形式领域，过去认为纯装饰性的外在因素同样忠实于生活与精神的存在和运动形式。他喜欢运用希利斯·米勒所说的“错格”（anacoluthon）手法，“即在句子中间转换时态、人称或单复数，结果文字

① ［英］泰瑞·伊格顿：《理论之后——文化理论的当下与未来》，李尚远译，台北：商周出版/城邦文化事业股份有限公司，2005年版，第64页。

② ［爱尔兰］乔伊斯：《尤利西斯》，金隄译，北京：人民文学出版社，1994年版，第8页。

③ ［爱尔兰］奥斯卡·王尔德：《谎言的衰落：王尔德艺术批评文选》，萧易译，南京：江苏教育出版社，2004年版，第26页。

在语法上难以协调一致"①，似乎也是以此反对跟着一条绝对的道路走到底。为了表现半梦半醒的精神状态，他通过词语变形，使《芬尼根的守灵》在形式上获得了梦幻的色彩。他还在作品中描写被传统视为卑俗的词语，说这些词也是美的。伊格尔顿推论，"如果他（乔伊斯）是骇人的实验者，他也是深刻的平等主义者。可能由于他来自小国家，没有受到英国森严等级的约束"②。

乔伊斯对这些形式因素的真实性的要求，用斯图亚特·吉尔伯特的话说，是"探索语言的各种可能性以使形式和内容彻底和谐"③。罗兰·巴特在《写作的零度》中详细分析了传统文学与现代文学在语言观上的差别，提出传统文学不关心语言，语言只是用来为既有思想背书的工具。而现代文学打破传统，词语形成一种形式的连续体，从中产生了智识的或情感的浓度。④ 20世纪"语言学革命"的核心是承认"意义不仅是某种被在语言中'表达'或者'反映'出来的东西，意义其实是被语言'生产'出来的"⑤。

爱尔兰的作家们往往把目光放在对人性的本质或生存意义的思考

---

① ［美］J. 希利斯·米勒：《解读叙事》，申丹译，北京：北京大学出版社，2002年版，第138页。

② Terry Eagleton, *The English novel: An Introduction*, Malden, MA: Blackwell, 2005, p.285.

③ Stuart Gilbert, "Prolegomena to Work in Progress", in Samuel Beckett et al., *Our Exagmination Round His Factification for Incamination of Work in Progress*, New York: New Directions, 1972, p.56.

④ See Roland Barthes, *Writing Degree Zero and Elements of Semiology*, Boston: Beacon Press, 1970, p.43.

⑤ ［英］伊格尔顿：《二十世纪西方文学理论》，伍晓明译，北京大学出版社，2007年版，第59页。

中，他们的创作语言告诉人们，他们思索的答案各自不尽相同，甚至迥然有别。要在这些作家作品之间寻找相互影响的痕迹略显多余，因为形式领域的自由审美更多地来自艺术家身体中的一种政治无意识的渴望，而不是他们利用某种艺术规则达到韦伯意义上的非凡“魅力型的统治”[①]。这类艺术的出现也许更应该用弗洛伊德的理论来解释。在弗洛伊德看来，艺术家的第一个目标是使自己自由，并且靠着把他的作品传达给其他一切有着同样被抑制的愿望的人们，使人们得到同样自由的感受。[②] 对爱尔兰去殖民化文学呈现的“形式的政治”的特色，可以借用以下评述。1923 年，叶芝获诺贝尔文学奖，瑞典皇家科学院在颁奖词写道：“长久以来，他追随了那使他自己成为祖国的翻译者的精神”，“他那充满了火焰和寻根究底的生命力，始终对准目标，努力使自己避免了美学上的空虚……把这样一生的工作称为伟大，是一点不过分的”。[③]

---

① [德]马克斯·韦伯:《经济与社会》上卷，林荣远译，商务印书馆，1997 年版，第 241 页。

② [奥]弗洛伊德:《从美学观点看精神分析学的益处》，张唤民译，载蒋孔阳主编《二十世纪西方美学名著选》上册，上海:复旦大学出版社，1987 年版，第 398 页。

③ [瑞典]佩尔·哈尔斯特龙:《授奖词》，载[爱尔兰]叶芝《丽达与天鹅》，裘小龙译，桂林:漓江出版社，2001 年版，第 379 页。

结　语

爱尔兰去殖民化民族主义的文化策略，标示了边缘的政治和文化经验可以进入普遍甚至中心的理论位置，对抗帝国的政治、知识及其制定的规则。爱尔兰文化政治的去殖民化挑战了殖民主义宰制政体的决定要素。在雷蒙·威廉斯的考证中，文化开始于人民的创造和改变环境。① 就最广泛、最完备的意义来看，文化为人类的生活赋予形式；它不是自由承接，而是由人们建树而成。爱尔兰的斗争使得民族的文化得以发展，也由此证明民族的解放和文化有着自然的辩证关联。文化本身其实具有某种不言而喻的矛盾性质。对政治或经济等所进行的探究是说得通的，因为政治经济似乎都是客观的事物。由于它们是客观的事物，所以能够对它们进行冷静、公允的处理。然而，文化又是价值、情感与感官经验的居所，它所关切的，是这个世界感受起来如何，而不是这个世界究竟如何。爱尔兰的去殖民化文化与争取民族解放的政治混合，两者并重。综观其全貌，其追求“形式的政治”的智慧赋予文化在保持激进政治能量的同时，没有成为政治的宣

① 参见[英]雷蒙·威廉斯《关键词》，刘建基译，北京：生活·读书·新知三联书店，2005年版，第102页。

讲书。

伊格尔顿对爱尔兰去殖民化民族主义的支持，和对爱尔兰“文化政治”价值的努力发掘，是出于他对当下的后殖民与后现代主义的批判。他认为后殖民主义理论存在的最大问题是“去政治化”①，大量的后殖民理论夸大着文化的角色，以为殖民地的文化传统足以构成一种发挥极大作用的知识体系，对抗殖民主义宗主国的政治和文化霸权，并确信“现代性”的这个英雄的时刻已经过时。“该理论的那个部分，可以说，充当西方后现代主义的国务院或外交部处理海外事务。这就是我们现在谈论混杂性、种族划分和多元性，而不是自由、正义和解放的原因。”② 在伊格尔顿看来，这是以一种危险的、误导的方式使得后殖民地国家与掌握着主导权的西方发达资本主义国家同步。“真实的情况是，对于其命运仍然由西方资本的变迁兴衰决定的后殖民地国家，解放的事业一如既往地具有重大意义。”③

检视西方社会自 19 世纪末至 20 世纪末的这段历史，就公民权利、和平运动、性实验、意识的觉醒以及生活形态的转变这些方面来说，20 世纪 60 年代与 19 世纪末没有什么两样，都是政治激进主义与文化激进主义产生惊人融合的年代。但是后来，去殖民、反资本主义的乌托邦冲动在经过 1968 年风暴的挫败后，唯一可行的政治似乎

① [英]泰瑞·伊格顿:《理论之后——文化理论的当下与未来》，李尚远译，台北：商周出版/城邦文化事业股份有限公司，2005 年版，第 25 页。

② [英]伊格尔顿:《文化的观念》，方杰译，南京：南京大学出版社，2003 年版，第 97 页。

③ [英]伊格尔顿:《文化的观念》，方杰译，南京：南京大学出版社，2003 年版，第 97 页。

只有撤退到对存在体制所进行的零星抵抗中。① 到了20世纪90年代，文化已经变得无法与资本主义相互区隔，文化、经济生产、政治宰制与意识形态宣传几乎融合成一个单一的整体。这就是所谓的西方后现代主义思想的侵袭态势。后现代思想高呼对差异的执迷，但它的本能冲动却是：泯除影像与真实、真理与虚构、历史与寓言、伦理学与美学、文化与经济、高阶文化与大众文化、政治左翼与政治右翼的区别，实在是个颇为反讽的结果。② 也就是说，伊格尔顿认为帝国资本主义在面对19世纪末20世纪初的现代性文化政治的抵抗后，所采用的"后现代"顺势疗法无非是马克思所说的"第二次是作为笑剧出现"③。

近几年来，学界对后现代的研究热度稍见减退，但是后现代思维仍然颇为顽固。对于西方发达资本主义国家的持续的这种全球性极端主义的文化殖民，反殖民民族主义的自觉抵抗仍具备无法替代的重要性。詹姆逊对民族主义意识形态格外强调，艾贾兹·阿赫默德指出，"在他那儿，对于'第三世界'来说，唯一的可能是在'民族主义'和'全球性的美国后现代主义文化'之间做出抉择"④。伊格尔顿的

---

① [英]泰瑞·伊格顿：《理论之后——文化理论的当下与未来》，李尚远译，台北：商周出版/城邦文化事业股份有限公司，2005年版，第71页。

② [英]泰瑞·伊格顿：《理论之后——文化理论的当下与未来》，李尚远译，台北：商周出版/城邦文化事业股份有限公司，2005年版，第65页。

③ [德]马克思：《路易·波拿巴的雾月十八日》，载《马克思恩格斯全集》第八卷，北京：人民出版社，1961年版，第121页。

④ [印]艾贾兹·阿赫默德：《詹姆逊的他性修辞和"民族寓言"》，孟登迎译，载罗钢、刘象愚主编《后殖民主义文化理论》，北京：中国社会科学出版社，1999年版，第339页。

爱尔兰研究，为民族主义从“心理的去殖民”到“动摇中心”都做出了明晰的表述。爱尔兰去殖民化民族主义结合政治和文化的实践，给予当下不发达地区的启示意义是深远的。

如果说伊格尔顿的这项研究还有欠缺的话，那就是尽管“后现代主义文化殖民”这一具体情况引发了他的探讨，但他还未来得及提出更富针对性的去殖民化策略。但是，这似乎并不是伊格尔顿一个人的责任，这是人类社会中，每个为寻求更公平社会的政治公民都必须思考的。

参考文献

英文文献:

[1] ARTHUR POWER. Conversations with James Joyce [M]. Dublin: The Lilliput Press, 1999.

[2] DAVID ALDERSON. Terry Eagleton[M]. New York: Palgrave Macmillan, 2004.

[3] ELLIOT B. GOSE, JR. The Transformation Process in Joyce's Ulysses[M]. London: University of Toronto Press, 1980.

[4] FRANK FUREDI. Colonial Wars and the Politics of Third World Nationalism[M]. London: I. B. Tauris, 1994.

[5] FRANTZ FANON. The Wretched of the Earth[M]. New York: Grove Press, 1966.

[6] FRANTZ FANON. Toward the African Revolution[M]. New York: Monthly Review Press, 1967.

[7] G. P. GOOCH. Nationalism [M]. London: The Swarthmore Press Ltd., 1920.

[8] GEORGE BENNETT ed. The Concept of Empire: Burke to Atlee 1774-1947[M]. London: Adam and Charles Black, 1953.

[9] H.K. BHABHA. The Location of Culture[M]. London and New York: Routledge, 2004.

[10] HARRY BLAMIRES. The New Bloomsday Book: A Guide Through Ulysses[M]. London: Routledge, 1988.

[11] HERBERT DAVIS ed. The Prose Works of Jonathan Swift [M]. Vol. Ⅻ: Oxford: Blackwell, 1955.

[12] JAMES SMITH. Terry Eagleton: A Critical Introduction[M]. Cambridge and Malden, MA: Polity Press, 2008.

[13] MAXIME RODINSON. Marxism and the Muslim World[M]. London: Zed Books, 1979.

[14] N.C. HULTIN. Belief and Interpretation in T. Crofton Croker's Legends of the Lakes[J]. Folklore, Vol. 98, No. 1. 1987.

[15] RAYMOND FEDERMAN. Critifiction: Postmodern Essays [M]. New York: State of University of New York Press, 1993.

[16] RICHARD ELLMANN. James Joyce[M]. London: Oxford University Press, 1982.

[17] ROLAND BARTHES. Writing Degree Zero and Elements of Semiology[M]. Boston: Beacon Press, 1970.

[18] SAMUEL BECKETT, et al. Our Exagmination Round His Factification for Incamination of Work in Progress[M]. New York: New Directions, 1972.

[19] SEAMUS DEANE. Celtic Revivals: Essays in Modern Irish Literature, 1880-1980[M]. London: Faber and Faber, 1985.

[20] SEAMUS DEANE ed. Nationalism, Colonialism, and Literature[M]. Minneapolis: University of Minnesota Press, 1990.

[21] SEAMUS DEANE ed. The Field Day Anthology of Irish Writing[M]. Vol. 2. Derry: Field Day, 1991.

[22] STEHPEN REGAN ed. The Eagleton Reader[M]. Oxford and Malden, MA: Blackwell, 1998.

[23] STUART GILBERT. James Joyce's Ulysses: a study[M]. New York: Vintage Books, 1955.

[24] TERRY EAGLETON. Crazy John and the Bishop and Other Essays on Irish Culture[M]. Cork: Cork University Press, 1998.

[25] TERRY EAGLETON. Criticism and Ideology: A Study in Marxist Literary Theory[M]. London: New Left Book, 1976.

[26] TERRY EAGLETON. Edward Said, Cultural Politics, and Critical Theory (an Interview)[J]. Journal of Comparative Poetics, Alif 25. 2005.

[27] TERRY EAGLETON. Heathcliff and the Great Hunger: Studies in Irish Culture[M]. London and New York: Verso, 1995.

[28] TERRY EAGLETON. Saint Oscar and Other Plays[M]. Oxford and Cambridge: Blackwell, 1997.

[29] TERRY EAGLETON. Scholars and Rebels in Nineteenth-Century Ireland[M]. Oxford and Malden, MA: Blackwell, 1999.

[30] TERRY EAGLETON. The English novel: An Introduction [M]. Malden, MA: Blackwell, 2005.

[31] TERRY EAGLETON. The Fall of Oscar Wilde[J]. New Left Review, No. 177. Sept.-Oct. 1989.

[32] TERRY EAGLETON. The Gatekeeper: A Memoir[M]. London: Allen Lane, 2001.

[33] TERRY EAGLETON. The Truth about the Irish[M]. Dublin: New Island Books, 1999.

[34] W.B. YEATS. The Collected Poems of W.B. Yeats[M]. New York: Macmillan, 1958.

中文文献:

[1] A.p.马蒂尼奇. 语言哲学[M]. 牟博等,译. 北京:商务印书馆,1998.

[2] 阿·尼柯尔. 西欧戏剧理论[M]. 徐士瑚,译. 北京:中国戏剧出版社,1985.

[3] 阿里夫·德里克. 跨国资本时代的后殖民批评[M]. 王宁等,译. 北京:北京大学出版社,2004.

[4] 爱德华·W. 萨义德. 文化与帝国主义[M]. 李琨,译. 北京:生活·读书·新知三联书店,2007.

[5] 爱德华·W. 萨义德. 知识分子论[M]. 单德兴,译. 北京:生活·读书·新知三联书店,2002.

[6] 艾德蒙·柯蒂斯. 爱尔兰史[M]. 江苏师范学院翻译组,译. 南

京:江苏人民出版社,1974.

[7] 艾勒克·博埃默. 殖民与后殖民文学[M]. 盛宁,韩敏中,译. 沈阳:辽宁教育出版社,1998.

[8] 埃里·凯杜里. 民族主义[M]. 张明明,译. 北京:中央编译出版社,2002.

[9] 埃里克·霍布斯鲍姆. 民族与民族主义[M]. 李金梅,译. 上海:上海人民出版社,2000.

[10] 安东尼·D. 史密斯. 全球化时代的民族与民族主义[M]. 龚维斌,良警宇,译. 北京:中央编译出版社,2002.

[11] 安东尼奥·葛兰西. 狱中札记[M]. 曹雷雨等,译. 北京:中国社会科学出版社,2000.

[12] 安吉拉·麦克罗比. 文化研究的用途[M]. 李庆本,译. 北京:北京大学出版社,2007.

[13] 奥斯卡·王尔德. 谎言的衰落:王尔德艺术批评文选[M]. 萧易,译. 南京:江苏教育出版社,2004.

[14] 巴赫金. 诗学与访谈[M]. 白春仁等,译. 石家庄:河北教育出版社,1998.

[15] 巴赫金. 小说理论[M]. 白春仁,晓河,译. 石家庄:河北教育出版社,1998.

[16] 本尼迪克特·安德森. 想象的共同体[M]. 吴叡人,译. 上海:上海人民出版社,2003.

[17] 伯纳德·曼德维尔. 蜜蜂的寓言[M]. 肖聿,译. 北京:中国社会科学出版社,2002.

[18] 布鲁斯·罗宾斯. 全球化中的知识左派[M]. 徐晓雯,译. 北京:中国社会科学出版社,2000.

[19] 布鲁斯·乌姆鲍. 贝克莱[M]. 孟令明,译. 北京:中华书局,2005.

[20] 陈德鸿,张南峰. 西方翻译理论精选[M]. 香港:香港城市大学出版社,2002.

[21] 陈恕. 爱尔兰文学[M]. 北京:外语教学与研究出版社,2000.

[22] 戴从容. 乔伊斯小说的形式实验[M]. 北京:中国戏剧出版社,2002.

[23] Ernest Gellner. 国族主义[M]. 李金梅,译. 新北:联经出版事业公司,2001.

[24] 恩格斯. 恩格斯致马克思(1856 年 5 月 23 日)[M]// 马克思,恩格斯. 马克思恩格斯全集(第二十九卷). 北京:人民出版社,1972.

[25] 恩格斯. 流亡者文献[M]// 马克思,恩格斯. 马克思恩格斯全集(第十八卷). 北京:人民出版社,1964.

[26] 费尔南·布罗代尔. 15 至 18 世纪的物质文明、经济和资本主义(第三卷)[M]. 施康强,顾良,译. 北京:生活·读书·新知三联书店,1993.

[27] 弗朗兹·法农. 全世界受苦的人[M]. 万冰,译. 南京:译林出版社,2005.

[28] 弗雷德里克·詹姆逊. 语言的牢笼:马克思主义与形式[M]. 钱佼汝,李自修,译. 南昌:百花洲文艺出版社,1997.

[29] 弗雷德里克·詹姆逊. 政治无意识[M]. 王逢振,陈永国,译.

北京:中国社会科学出版社,1999.

[30] 弗里德里希・尼采. 权力意志[M]. 张念东,凌素心,译. 北京:中央编译出版社,2000.

[31] 哈贝马斯. 公共领域的结构转型[M]. 曹卫东等,译. 上海:学林出版社,1999.

[32] 哈罗德・伊罗生. 群氓之族:群体认同与政治变迁[M]. 邓伯宸,译. 桂林:广西师范大学出版社,2008.

[33] 黑格尔. 精神现象学(上卷)[M]. 贺麟,王玖兴,译. 北京:商务印书馆,1979.

[34] 黑格尔. 历史哲学[M]. 王造时,译. 上海:上海书店出版社,1999.

[35] 黄宣范. 语言、社会与族群意识[M]. 台北:文鹤出版有限公司,1993.

[36] J. 希利斯・米勒. 解读叙事[M]. 申丹,译. 北京:北京大学出版社,2002.

[37] 佳亚特里・斯皮瓦克. 从解构到全球化批判[M]. 北京:北京大学出版社,2007.

[38] 蒋孔阳. 二十世纪西方美学名著选[M]. 上海:复旦大学出版社,1987.

[39] 卡尔・曼海姆. 意识形态与乌托邦[M]. 黎鸣,李书崇,译. 北京:商务印书馆,2000.

[40] 卡尔・雅斯贝尔斯. 悲剧的超越[M]. 亦春,译. 北京:工人出版社,1988.

[41] 康德. 判断力批判[M]. 邓晓芒,译. 北京:人民出版社,2002.

[42] 克洛德·列维-斯特劳斯. 种族与历史 种族与文化[M]. 于秀英,译. 北京:中国人民大学出版社,2006.

[43] 劳伦斯·斯特恩. 项狄传[M]. 蒲隆,译. 南京:译林出版社,2006.

[44] 雷蒙·威廉斯. 关键词[M]. 刘建基,译. 北京:生活·读书·新知三联书店,2005.

[45] 理查德·艾尔曼. 乔伊斯传[M]. 金隄等,译. 北京:北京十月文艺出版社,2006.

[46] 列宁. 社会主义革命和民族自决权[M]// 列宁. 列宁论民族殖民地问题的三篇文章. 北京:人民出版社,1971.

[47] 刘易斯·科塞. 理念人——一项社会学的考察[M]. 郭方等,译. 北京:中央编译出版社,2001.

[48] 罗钢,刘象愚. 后殖民主义文化理论[M]. 北京:中国社会科学出版社,1999.

[49] 罗兰·巴尔特. 写作的零度[M]. 李幼蒸,译. 北京:中国人民大学出版社,2008.

[50] 吕西安·戈德曼. 隐蔽的上帝[M]. 蔡鸿滨,译. 天津:百花文艺出版社,1998.

[51] 马克思. 1867 年 12 月 16 日在伦敦德意志工人共产主义教育协会所作关于爱尔兰问题的报告的提纲[M]// 马克思,恩格斯. 马克思恩格斯全集(第十六卷). 北京:人民出版社,1964.

[52] 马克思. 关于爱尔兰问题的未作的发言的提纲[M]// 马克

思,恩格斯. 马克思恩格斯全集(第十六卷). 北京:人民出版社,1964.

[53] 马克思. 机密通知[M]// 马克思,恩格斯. 马克思恩格斯全集(第十六卷). 北京:人民出版社,1964.

[54] 马克思. 路易·波拿巴的雾月十八日[M]// 马克思,恩格斯. 马克思恩格斯全集(第十六卷). 北京:人民出版社,1961.

[55] 马克斯·韦伯.经济与社会(上卷)[M]. 林荣远,译. 北京:商务印书馆,1997.

[56] 马修·阿诺德. 文化与无政府状态:政治与社会批评[M]. 韩敏中,译. 北京:生活·读书·新知三联书店,2002.

[57] 纳日碧力戈. 现代背景下的族群建构[M]. 昆明:云南教育出版社,2000.

[58] Peter Gray. 爱尔兰大饥荒[M]. 邵明,刘宇宁,译. 上海:上海人民出版社,2005.

[59] 钱乘旦. 欧洲文明:民族的融合与冲突[M]. 贵阳:贵州人民出版社,1999.

[60] 乔伊斯. 尤利西斯[M]. 金隄,译. 北京:人民文学出版社,1994.

[61] R.G. 柯林武德. 历史的观念[M]. 何兆武,张文杰,译. 北京:中国社会科学出版社,1986.

[62] Robert J.C. Young. 后殖民主义——历史的导引[M]. 周素凤,陈巨擘,译. 台北:巨流图书公司,2006.

[63] 塞缪尔·亨廷顿. 文明的冲突与世界秩序的重建[M]. 周琪等,译. 北京:新华出版社,1998.

[64] 上海师范大学图书馆. 马克思恩格斯全集专题分类索引[M]. 1978.

[65] 斯图尔特·霍尔. 表征[M]. 徐亮,陆兴华,译. 北京:商务印书馆,2003.

[66] 孙冰. 本雅明:作品与画像[M]. 上海:文汇出版社,1999.

[67] 泰瑞·伊格顿. 理论之后——文化理论的当下与未来[M]. 李尚远,译. 台北:商周出版/城邦文化事业股份有限公司,2005.

[68] 特里·伊格尔顿. 二十世纪西方文学理论[M]. 伍晓明,译. 北京:北京大学出版社,2007.

[69] 特里·伊格尔顿. 历史中的政治、哲学、爱欲[M]. 马海良,译. 北京:中国社会科学出版社,1999.

[70] 特里·伊格尔顿. 后现代主义的幻象[M]. 华明,译. 北京:商务印书馆,2000.

[71] 特里·伊格尔顿. 马克思主义与文学批评[M]. 文宝,译. 北京:人民文学出版社,1980.

[72] 特里·伊格尔顿. 美学意识形态[M]. 王杰等,译. 北京:中央编译出版社,2013.

[73] 特里·伊格尔顿. 甜蜜的暴力:悲剧的观念[M]. 方杰,方宸,译. 南京:南京大学出版社,2007.

[74] 特里·伊格尔顿. 沃尔特·本雅明或走向革命批评[M]. 郭国良,陆汉臻,译. 南京:译林出版社,2005.

[75] 特瑞·伊格尔顿. 文化的观念[M]. 方杰,译. 南京:南京大学出版社,2003.

[76] 瓦尔特·本雅明. 德国悲剧的起源[M]. 陈永国,译. 北京:文化艺术出版社,2001.

[77] 王杰. 审美幻象研究[M]. 桂林:广西师范大学出版社,1995.

[78] 王佐良,周珏良. 英国二十世纪文学史[M]. 北京:外语教学与研究出版社,1994.

[79] W.B. 叶芝. 镜中自画像[M]. 黄伟等,译. 北京:东方出版社,1996.

[80] W.B. 叶芝. 丽达与天鹅[M]. 裘小龙,译. 桂林:漓江出版社,2001.

[81] 威廉·巴特勒·叶芝. 幻象——生命的阐释[M]. 西蒙,译. 北京:国际文化出版公司,1990.

[82] 威廉·巴特勒·叶芝. 苇间风[M]. 李立玮,译. 北京:中国社会科学出版社,2004.

[83] 韦勒克. 近代文学批评史(第四卷)[M]. 杨自伍,译. 上海:上海译文出版社,1997.

[84] 韦勒克,沃伦. 文学理论[M]. 刘象愚,译. 南京:江苏教育出版社,2005.

[85] 维·什克洛夫斯基. 散文理论[M]. 刘宗次,译. 南昌:百花洲文艺出版社,1994.

[86] 西格蒙德·弗洛伊德. 诙谐及其与无意识的关系[M]. 常宏等,译. 北京:国际文化出版公司,2001.

[87] 席勒. 美育书简[M]. 徐恒醇,译. 北京:中国文联出版公司,1984.

[88] 西默斯·希尼. 希尼诗文集[M]. 吴德安等,译. 北京:作家出版社,2001.

[89] 许宝强,罗永生. 去殖民化与民族主义[M]. 北京:中央编译出版社,2004.

[90]不列颠全书编委会. 不列颠百科全书(国际中文版)第十二卷[M]. 北京:中国大百科全书出版社,1999.

[91] 雅克·德里达. 书写与差异[M]. 张宁,译. 北京:生活·读书·新知三联书店,2001.

[92] 亚里士多德. 诗学[M]. 陈中梅,译注. 北京:商务印书馆,2005.

[93] 杨必译. 杨必译文集[M]. 南京:译林出版社,1994.

[94] 约翰·托兰德. 泛神论要义[M]. 陈启伟,译. 北京:商务印书馆,1999.

[95] 章安祺. 缪灵珠美学译文集(第二卷)[M]. 北京:中国人民大学出版社,1998.

[96] 赵澧,徐京安. 唯美主义[M]. 北京:中国人民大学出版社,1988.

[97] 赵宪章. 文体与形式[M]. 北京:人民文学出版社,2004.

[98] 周辅成. 西方伦理学名著选辑(上卷)[M]. 北京:商务印书馆,1964.

[99] 周小仪. 唯美主义与消费文化[M]. 北京:北京大学出版社,2002.

[100] 朱利安·班达.知识分子的背叛[M].佘碧平,译. 上海:上海人民出版社,2005.

索　　引

人名索引：

书刊索引:

B

D

E

F

主题索引：

R

S

T

Z

后　记

本书可被视为我的首部专著《从批评到大众批评》的前传，成稿已有一段时日，直到最近才静下心来将之整理出版。在此，我要特别感谢刘方喜教授的推荐和杨显硕副编审的支持。

在步入科研道路之初，我研读了特里·伊格尔顿的大量著述，后来也有幸成为其访谈录《批评家的任务》的译者之一。我想，称他为我学术道路上的一位良师益友，并不为过。伊格尔顿最令我感动的地方莫过于他对马克思主义的坚守。在西方左派举步维艰的年代，他没有随波逐流渐行渐远，而是进行了广泛深入的思考，得出了马克思主义批评家的任务是积极投身并帮助指导大众的文化解放的结论；在各种新式文学文化理论冲击学术界的时候，他努力营造社会主义的文化氛围，推广马克思主义的文化理论，并乐观地预言马克思主义文学分析将比肩精神分析法，屹立于学术领域；他坚决反对后马克思主义理论对马克思主义基本观念的解构，并引用托洛茨基的名言称马克思主义者从来都生活在传统中。他的工人阶级家庭出身以及爱尔兰裔背景使他毕生都对被侮辱者与被损害者抱持同情，他的爱尔兰文化研究在这方面显然具有代表性。

伊格尔顿擅长深入浅出地写作大众化的理论书籍，如《二十世纪西方文学理论》《理论之后》《马克思为什么是对的》《如何读诗》等，从中我们能够看到他为指导大众的文化解放而做出的不懈努力。这其实也是西马理论家本雅明、威廉斯、詹姆逊、齐泽克等人所共同关注的主题，即怀揣马克思主义“政治无意识”的觉醒或半觉醒的读者如何可能的问题。说到底，这是一个关于思想民主的问题。绝大多数的西马理论家都专注于如何力所能及地“唤醒”大众，并希望在此基础上实现对资本主义社会的社会主义改革。但正如阿尔都塞发现了资本主义社会中的“询唤”机制，在此机制下，西马理论家的付出和憧憬有时难免带有一厢情愿的色彩。中国当然与西方不同，中国是坚持走中国特色社会主义道路的国家，新中国成立 70 年来取得了无可争辩的辉煌成就。但在接下来社会主义道路的持续发展和创新中，我认为，我国的思想民主建设同样是一项不可回避的课题。在我看来，人类社会中思想民主的实现必然会为人类命运共同体的建构添砖加瓦。

士不可以不弘毅，任重而道远。未来的学术道路上必然存在着未知的考验。伊格尔顿有句话说得好，“人必须尊重美、理想主义、渴望进步，同时又能以马克思主义或尼采式的方式承认在它们的根源存在着多少鲜血和苦难”。我将保持这份清醒的认知，以使自己在前行中能够始终保有一份淡定和一份坚定。

贾　洁

2019 年 6 月 2 日于洛杉矶西木区